集英社オレンジ文庫

平安あや解き草紙

～その姫、後宮にて宿敵を得る～

小田菜摘

本書は書き下ろしです。

CONTENTS

イラスト／シライシユウコ

平安あや解き草紙

その姫、後宮にて宿敵を得る

HEIAN AYATOKI SOSHI

第一話

易きに流される相手と、侮られてはならぬ

大晦日《おおみそか》までもう幾日もない師走《しわす》の下旬《げじゅん》。

新大納言《しんだいなごん》が、彼の大姫の裳着《もぎ》の日程を公言した。陰陽師《おんみょうじ》に念入りに調べさせた結果出した吉日は来年如月《きさらぎ》の某日《ぼうじつ》で、ふた月あまり先の話となる。

御所の女房達は、今朝からその話題で持ちきりだった。一般的に裳着は結婚を前提にして執《と》り行われるもので、新大納言の大姫は、以前より帝《みかど》の后《きさき》がね（候補）としてその名が挙がっていたからだ。

「裳着を済ませたら、いよいよ入内《じゅだい》となるのでしょうね」

「だとしたら御所にはいつお入りになられるのかしら？　如月といったら、藤壺女御様《ふじつぼのにょうご》のご出産もその頃のはずでしょう？」

「となると、狙って同じ日にぶつけるということもあるかもしれないわね」

「出産の祝いと入内の儀《ぎ》。朝臣達《ちょうしん》の誰がどちらの祝いに参じるかを見極める為に？」

女房達は好き勝手に憶測を飛ばしあう。衝立《ついたて》越しに聞こえてくる部下達のそのやりとりに、藤原伊子《ふじわらのかのこ》はとことんあきれ返っていた。左大臣《さだいじん》の大姫にて齢《よわい》三十二歳の尚侍《ないしのかみ》（内侍《ないしの》司《つかさ》の長官）は、内裏《だいり》女房をはじめとしたすべての後宮女官の束ね役を請け負っている。

（よくもまあ、そんな埒《らち》もないことを思いつくものね）

同じ日を狙うといっても、そもそも藤壺女御の出産がどんぴしゃりで予測できるわけがない。

かといって出産がはじまってから、それに入内の日にちをぶつけるというのも無理な話だった。なにしろ祝い事の日取りというのは、吉凶に配慮《はいりよ》したうえで何日も前に決定される。そんな今日明日の都合だけで、簡単に決められるものではないのだ。

とはいえ霜月《しもつき》の大嘗祭《おおなめさい》以降、より顕著《けんちょ》になった右大臣《うだいじん》と新大納言の対立を見れば、女房達がそんな邪推をしたくなるのも分かりはする。新大納言の大姫の入内自体は以前より言われていたことだったが、藤壺女御とその父・右大臣を刺激する事態にはちがいない。

隣にいた乳姉妹《ちきようだい》・千草《ちぐさ》がうんざりしたようにささやく。

「なんだって新大納言も、こんな面倒なときに裳着なんてするんですかね」

それは伊子もまったく同意である。

「だいたい新大納言の大姫は、年が明けてようやく十三歳だというではありませぬか。ならばあと一、二年ぐらい遅らせてもよかったのでは」

「新大納言もそのつもりだったのでしょうけど、内舎人《うどねり》の件で面子《めんつ》をつぶされて焦ったのでしょうね」

新大納言の面子をつぶした出来事、それは内舎人の選任人事だった。

内舎人と大舎人《おおどねり》はともに御所の宿衛《しゆくえい》、供奉《ぐぶ》等を務める下級官吏《かんり》である。定員は大舎人が四百で内舎人が六十。容姿技量の優れた者が内舎人に選ばれ、残った者が大舎人に回される。とうぜん内舎人に選抜された者は名誉であるが、話を複雑にしているのは、彼らが権《けん》門家《もんか》に仕える侍《さむらい》からも選ばれているというところだった。

このたび内舎人に欠員が生じ、その補充人事として大舎人の中から一人が選ばれることになった。大舎人頭《おおどねりのかみ》が中務省《なかつかさしょう》（内舎人を管理した）に推薦《すいせん》した人物は四人いたのだが、そのうち二人が右大臣と新大納言縁《ゆかり》の侍だったのである。

結果選ばれたのは、右大臣側の侍だった。

とうぜん新大納言としては面白くないわけで、まるで腹いせのように娘の裳着を早めるに至ったのである。内舎人の人事などおよそ政《まつりごと》に関与するものではないというのに、まったく大人気《おとなげ》ないにもほどがある。

「年が明けたら、面倒臭《めんどうくさ》いことになりそうね」

先ほどからずっと眉間《みけん》に皺《しわ》を刻んだままの伊子に、千草が心配そうな顔をする。

もちろん大姫の入内も桐子《ひさこ》の出産も気にはなる。しかしながら伊子にとって最大の懸念《けねん》は、実はもっと個人的なことにあった。そのことを千草は知っていたのだ。

乳姉妹におおよそのことを告白したのは、御仏名《おぶつみょう》が終わったあとのことだった。

卯月《うづき》からはじめた伊子の宮仕えは、十六歳下の帝からの求愛を退けるために折衷案《せっちゅうあん》として受け入れたものだった。

その騒動を切っ掛けに、伊子はかつての恋人、式部卿宮《しきぶのきょうのみや》・嵩那親王《たかふゆ》と再会した。やがて二人はふたたび想いを育《はぐく》みあうようになったが、立場や家族への影響を考えれば容易に貫くわけにはいかない恋だった。

だが二人の関係は、意図しない形とはいえ伊子の父・顕充《あきみつ》の知るところとなった。顕充は娘の恋を認め、二人の結婚を帝に打診した。それが今朝のことであった。

しかし戻ってきた顕充は、帝の御気色がひどく悪くなったこと、そのうえではっきりとした返事をもらえないまま退出させられたことを告げたのだった。

『主上《おかみ》も混乱しておられるのであろう』

だからもう少し様子をみるようにと言って、顕充は帰っていった。

そのあと帝からの音沙汰《おとさた》はなく、伊子はずっと落ちつかない時間を過ごしている。

やはり帝は怒ったのだろうか。それとも傷ついただろうか。いや、そんなことはあたり前ではないか。あれほど真摯《しんし》な想いを無残にも退けたのだ。なんらかの報復をされたとしても、それはしかたがないことではないか。

最悪、自分と嵩那はどうなっても自らがまいた種だと諦められる。だが父や弟・実顕《さねあきら》にまで影響が及んでしまったら、どうやって償えば良いのだろうか。

帝の人柄を考えれば報復などしない——その期待はあるが、それは当事者である伊子が計算して良いことではないのだ。そもそも顕充に対してははっきりと不快の色を見せたというではないか。

どうしたらいいのか？　いったいどうなるのか？

帝の反応が想像できないから、一度考えだすと不安が頭の中でぐるぐると渦潮《うずしお》のようになって他のことがなにも考えられなくなる。

「姫様!?」

呼びかけに、伊子はわれにかえる。

気がつくと千草が身をかがめ、不安げな面持《おもも》ちでのぞきこんでいた。

「お顔色が優れませんよ。薬湯かなにかお持ちしましょうか？」

「大丈夫よ。大袈裟《おおげさ》ね」

自分のほうこそ大袈裟に、伊子は笑い飛ばした。

そのとき衝立のむこうから女房が、帝が伊子を呼んでいる旨《むね》を告げた。

「左《さ》の大臣《おとど》から、話は聞いたよ」

伊子が着座するやいなや、帝は口を開いた。その声音《こわね》があまりにも硬かったので、伊子はなにも反応することができなかった。

凍《い》てつくような師走の空気の中、格子《こうし》を下ろした『朝餉の間《あさがれいのま》』はほの暗い。側面に蒔絵《まきえ》を施《ほどこ》した火桶《ひおけ》の中で焚《た》かれた炭がじっくりと赤く燃えつづけている。白の御引直衣《おひきのうし》をまとった帝は、脇息《きょうそく》に身をもたせたなりで黒木の桟《さん》をひたすら眺めていて、斜向かいに座る伊子のほうなど見向きもしない。

「あなたと式部卿宮を娶《めと》わせたいと、はっきりと言われたよ」

「父が申したとおりでございます」

臆することなく伊子は言った。顕充から言われて半日。伊子はそれこそいま火桶で燃えている炭のように、じりじりとした思いで帝から声がかかるのを待っていた。

一見して帝の横顔に変化はない。だが脇息の縁にかけていた指には強い力がこもっていた。白い手の甲に青い筋がくっきりと浮かびあがるのを、伊子は息をつめて見つめた。

やがて指の力は緩み、帝の手は常の状態を取り戻した。

「新大納言の大姫の話は知っているね」

相変わらずの硬い声に、ぎこちなく首肯《しゅこう》する。しかし帝の視線が自分にむけられていないことを思いだし、あわてて声に出す。

「存じております」

「年明けから後宮の混乱は容易に予想ができる。そんな状況で、あなたの辞官を認めるわけにはいかぬ」

想像もしない理由に、伊子は一瞬虚をつかれる。しかしすぐさま、いま聞いたばかりの帝の言葉が頭の中で反芻《はんすう》された。

──辞官を認めるわけにはいかぬ。

そうだった。二品親王《にほんしんのう》と左大臣の姫が結ばれるというのなら、必然そうなる。少し前まで伊子もそう思っていた。そのはずなのに──伊子は本能的に口を開いた。

「あ、あのっ」

しかし反論の言葉は途中で挫《くじ》かれる。

いつの間にか帝は身体《からだ》を反転させ、真正面から伊子に向き直っていた。黒々とした睫毛《まつげ》の間からのぞく、黒瑪瑙《くろめのう》のような瞳が震えて見えた。

「すまぬ。私も自分の心をどうして良いのか分からぬのだ」

か細い声に胸を貫かれた。

伊子は猛烈な後悔《こうかい》の念に襲われた。

嵩那を選ぶことで帝を立腹させ、なにより傷つけることなどもとより覚悟していた。

だが、御仏名初夜に帝が倒れてから何日も経っていない。心身ともに弱っているであろうこの時に、敢《あ》えて伝えるべきであったのか？　顕充は帝が倒れたことを知らないのだから、この件にかんしては伊子が気を遣うしかなかったのに。

たとえ天子に抗《あらが》うことになっても告げなければならないことであると、迷いを断ち切ったはずなのに、こうして深く傷ついた様を見ると決意が揺らぐ。もとより罪悪感は覚悟していたはずなのに、想像以上の重さに心が折れそうになる。

自分が慕っているのは嵩那だけで、人にどう言われようとその気持ちを変えることなどできない。現前の真実である。なにしろこの感情は自分でさえもどうにもできない、奔《ほん》流《りゅう》のようなものなのだから。

しかしそれを告げたところで、帝の決意は変わらないだろう。なぜなら帝もまた伊子と同じで、自分の心を自分ではどうにもできずに苦しんでいるのだから――。

言葉もなく、伊子と帝は見つめあった。

途方に暮れる。いったいこれはなんなのだ。まるで雨乞《あまご》いではないか。力ずくではどうにもならぬものに、人ができることは祈ることと耐えることのみなのか。

気がつくと帝は、その瞳にいつもの力強さを取り戻していた。

彼がなにを言うのか分からず、警戒から伊子は肩に力を入れた。

「辞官は認めぬ。これは勅命《ちょくめい》だ」

勅命という絶対的な権威を持つ単語に、伊子は圧倒される。さらに追い討《う》ちをかけるかのごとく声が響いた。

「そのうえでこの件は他言せぬよう。その旨は左の大臣にも、私から伝えておこう」


憂鬱《ゆううつ》な気持ちで清涼殿《せいりようでん》を出て渡殿《わたどの》を進んでいると、むこうから一人の老僧が近づいてきた。長身痩軀《ちょうしんそうく》に白の袍《ほう》と薄紫の五条袈裟《ごじょうのけさ》をまとったこの僧侶《そうりょ》を、伊子はこれまでも何度か目にしたことがあった。

「これは尚侍の君《かん》。主上とのお話は終わられたのでございますか？」

穏やかで品のある声と知的で柔和《にゅうわ》な面差《おもざ》しの持ち主は、真言院《しんごんいん》（朝廷の修法所・大内裏《だいだいり》に在った）の律師《りっし》・治然上人《ちねんしょうにん》だった。律師というのは官僧の位で、僧正《そうじょう》、僧都《そうず》に次ぐ高位である。はっきりした年齢は知らないが、すでに致仕《ちし》が認められていて今年いっぱいで退官すると聞いているのでそれなりの高齢だろう。本来の致仕の意味からすると、七十は越えていることになるのだけれど。

彼が傍にくると芥子《けし》（カラシナ）の薫《かお》りが辺りにただよう。密教で焚く護摩《ごま》には芥子の種が使われているから、衣や身体にその薫りが染み付いているのだろう。

話が終わったのかという治然の問いに、伊子は広げた檜扇《ひおうぎ》の内側で首を傾《かし》げる。

尚侍《ないしのかみ》という職業上、帝の傍に侍《はべ》ることは常ではあるが、だからこそただの世間話をそのように取り上げることはないだろう。つまり治然は、帝があらためて伊子を呼び出したのだと認識していたことになる。

「私が主上と話をしていたなどと、なぜ？」

事情が事情だけに身構える伊子に、治然はどうということもないように答えた。

「実は主上から講説を依頼されておりまして、頃合いをみてお訪ねしたのです。なれど尚侍の君とお話の最中で人払いをされていると女房から聞きましたので、こうして出直して参った次第でございます」

聞いてみればしごく単純な理由に、伊子は拍子抜けした。同時に身構えすぎた自分を気恥ずかしく思った。

「それは申しわけございませせぬ」

「いえいえ。どうぞお気になさらず。主上におかれましては、お立場上御心を煩《わずら》われることも多くございましょう。全幅の信頼を置かれる尚侍の君とお話をなさることで、憂《うれ》い事が少しでも減るのであればまことと喜ばしいことでございましょう」

微塵《みじん》の疑ったようすもなく語る治然に、伊子はなにも言うことができなかった。減らすどころか、いままさに大きな憂い事をもたらしてきたばかりである。

「ところで……」

とつぜん治然は声をひそめた。

「お父上、左の大臣にお変わりはございませぬか？」

「はい？」

「もしや主上のご不興を蒙《こうむ》ったりなど、致してはおられませぬか？」

伊子は目を見張った。この件にかんして帝は他言を禁じていたのだから、当事者達以外は与《あずか》り知らぬことであるはずだった。

一度ゆるんだ緊張が、ふたたび張りつめる。

「どなたから、そのようなことを？」

「いえ、あくまでも私の憶測です」

無意識のまま声を険しくした伊子に、治然は少しあわてたようだ。

「実は今朝、左の大臣が浮かない面持ちで清涼殿から出てくるところをお見かけしたのです。そのあと女房達から、主上が朝だというのに夜御殿《よるのおとど》にこもってしまわれたと聞きましたので、もしやお二人の間になんぞあったのではと……」

なるほど。さすが帝への講説を掌《つかさど》る人物だけあって、細やかな心配りである。

伊子は檜扇の端から盗み見るように、治然のたたずまいを観察した。

高齢とは思えぬほどに上背《うわぜい》があり、女人《にょにん》としては一際《ひときわ》高い伊子よりもさらに高い。若いときはさぞ威圧するような体軀だったのだろう。しかし加齢ゆえか背が少しばかり丸くなっており、それが目尻の皺《しわ》とともに柔和な雰囲気《ふんいき》をかもしだしている。

いっぽうで話し方は非常にはっきりしていて、まるで若者のように歯切れが良い。その声音のまま、治然は帝に対する不安を口にした。

「主上のご様子はいかがでしたか？　御気色が優れぬなど、なんぞ変わったところはございませんでしたか？」

御気色はまちがいなく優れぬが、それを言えば〝なにがあった〟という話になる。もちろん追及されても答えることなどできない。

「いえ、特に変わったようにはお見受けしませんでした」

白々と答えた伊子に、治然は拍子抜けした顔をする。

罪悪感から急いで伊子は付け足す。

「父とは後宮の件にかんしては話し合いもいたしますが、政《まつりごと》にかんして私は門外でございますので……されど主上までそのようであらせられたというのであれば、陣定《じんのさだめ》か奏上のほうでなんぞ問題が起きたのやもしれませぬ」

「なるほど。確かにいまの朝廷は、なにかとぴりぴりしておりますからね」

白々しいことこの上ない放言だが、どうやら治然は納得したようだ。

それにしても右大臣と新大納言《しんだいなごん》の対立は、官僧達の間にも知られているようである。

「まったく左の大臣が一《いち》の人《ひと》としておられるから良いようなものを、そうでなければどうなっていたことやら」

ため息混じりに治然は言う。朝廷にかかわる者ほぼ全員の一致した意見ではあるが、伊子の中にこれまで考えもしなかった別の不安が浮かんだ。

こたびの件で、顕充が帝の不興をかったことは間違いない。それは顕充も覚悟していると言っていた。しかしこれが原因で顕充がふたたび政から遠ざけられるようなことになれば、朝廷はどうなってしまうのだろうか。右大臣と新大納言の対立がさらに尖鋭化することで、政事は混乱を極めるのではないか。

「いやいや、授戒《じゆかい》を受けた身でこのような煩いはいらぬ費《つい》えでございましたな」

思い悩む伊子の前で、苦笑交じりに治然は言った。

「下らぬことで足を止めさせました。どうぞお赦《ゆる》しくだされ。拙僧《せっそう》もこれから主上のもとに参りますが、少しでも御心を晴れやかにできるよう努めますゆえご安心くだされ」

にこやかに語る治然に、伊子は檜扇の内側で曖昧《あいまい》にうなずく。

どうして堂々とふるまえようか。治然は伊子のことを、帝に対する忠誠と敬意を持つ同志であると信じて疑っていないというのに。

遠ざかる治然の背を見送ったあと、自嘲《じちょう》的に伊子はつぶやいた。

「罰当たりね、私……」

「お気になさらず。治然律師は俗事に敏感すぎるのですよ」

とつぜんの声に振り返ると、丸柱の陰から冠直衣《かんむりのうし》姿の嵩那が出てきた。小葵紋《こあおいもん》を織り出した白の直衣の裾《すそ》からは、青みがかった紫の出袙《いだしあこめ》がのぞいている。遊び心を利《き》かせた洗練された装いは典雅な擬宝珠《ぎぼうし》の花のようだった。

いつのまに？　不審な顔をする伊子の傍に来ると、嵩那はふうっと息をついた。

「もちろん主上を気遣ってのことなのでしょうが……」

どうやら、かなり早いうちから話を聞いていたようだ。伊子と治然のやりとりは、前半こそ帝の話題だったが、後半は政にかんするものが中心だった。

「なにしろ治然律師は、先帝からの父子三代にかけての忠臣でありますから」

思いがけない証言に、伊子は素直に驚く。

今上《きんじょう》の祖父である先帝の専横ぶりは、いまでも語り草となっている。朝臣《ちょうしん》達はみな機嫌を損ねぬよう一歩引いて仕えていたと聞いていて、彼の忠臣だという人物に伊子はお目にかかったことがなかった。

「先帝にも、さような方がおられたのですね」

思わず漏《も》れでた伊子の遠慮《えんりょ》のない言葉に、嵩那は苦笑した。

嵩那の説明によると、俗世にいたときの治然は大変な秀才で、二十代で当時は東宮《とうぐう》であった先帝の学士を務めたほどの逸材であったのだという。嵩那の父である先々帝の御世のことだから三、四十年以上前の話で、それこそ伊子と嵩那が生まれる前の話である。

先帝即位後はその一の宮、すなわち身罷《みまか》った先の東宮の進講《しんこう》も掌《つかさど》っていた。先の東宮の立坊《りつぼう》（立太子）を前に官職から身を引き出家《しゅつけ》をしたので、二代続けての東宮学士とはならなかったが、その息子である今上にも講説を依頼されていることから考えて、三代に渡って仕えている忠臣だという嵩那の評価は間違っていない。

逆に言えば嵩那をはじめとした、先々帝系の皇親達とは距離があるのかもしれない。僧籍にある治然のことを〝俗事に敏感すぎる〟と称した嵩那の口調は悪《あ》し様に罵《ののし》るようなものではなかったが、ひょっとして多少の非難は含んでいたのかもしれない。

「ですから出家をしてもなお、ああして主上《おかみ》の身を案じるのやもしれませぬ」

「存じませんでした。治然上人がそのような過去をお持ちの方だったとは」

とうぜんながら伊子は、俗人であるときの治然を知らない。先の東宮が立坊する前に出家をしたというのなら、嵩那とて同じだろう。そうなると治然は四十半ばぐらいで出家をしたことになるのだろうか。

「ところで主上はなんと申されましたか？」

もろもろ考えているところに、唐突且《か》つ単刀直入《たんとうちょくにゅう》に嵩那は問うた。

不意をつかれた伊子は目をぱちくりさせたが、嵩那が治然とのやり取りを最初のほうから聞いていたのなら、伊子が帝に呼ばれていたことも承知しているはずだった。

ひとつ息をついて気持ちを落ちつけると、あらためて伊子は告げた。

「主上は、私の辞官を認めぬと仰《おお》せでした」

嵩那は眉《まゆ》を寄せたが、それでも動揺《どうよう》はしていなかった。ただ諦観《ていかん》したかのように、ぽつりと言った。

「間が悪かったやもしれませぬ」

それはまさしく伊子の迷いと同じものであった。

帝が心身ともに疲れきっていることは、嵩那も知っている。なにしろ御仏名《おぶつみょう》の初夜に倒れた帝を助けたのは彼だったのだから。

伝えなくてはならないことだったとしても、この間合いで言うべきではなかった。少し冷静になれば思いつきそうなものなのに、焦りと逸《はや》りで考えが及ばなかったのは事実である。

入道《にゅうどう》の女宮《おんなみや》の密告という、思いもよらぬ形で顕充に二人の関係が伝わった。女宮の暴走には憤《いきどお》りは覚えたが、本音を言うと肩の荷が下りた思いもどこかにあった。浮かれていたのかもしれなかった。だから顕充が帝に話をすると言ってくれたとき、もう少し間を置くことに思いいたらなかったのではないだろうか。

そう考えると己の迂闊《うかつ》さに忸怩《じくじ》たるものがある。もしもこの件で顕充が再び政から退けられるようなことになったら、いかにして償ったらよいのだろう。

「お父上には、申しわけがなかったですね」

まるでこちらの心を読んだかのような嵩那の一言に、伊子は頷《うなず》くしかできなかった。

しばし二人は無言で立ち尽くしていた。

やがて嵩那は息を吐いた。肺腑《はいふ》の底から吐き出したような深いため息だった。

「実はもうひとつ、気がかりなことをお伝えしなければなりません」

「?」

「叔母上《おばうえ》……入道の女宮が、晦日《みそか》から正月にかけてまた参内《さんだい》なさるそうです」

それから二日過ぎた、ある日の昼下がり。

台盤所《だいばんどころ》で話をしていた伊子と勾当内侍《こうとうのないし》を、左近衛大将《さこのえのたいしょう》が訪ねてきた。表向きは『女房達へのご機嫌伺《うかが》い』とのことだが、彼の目的が勾当内侍一人だというのは伊子も端から承知している。

「ええ。方相氏役《ほうそうしやく》は、平内《へいない》で決まりました」

「左大将様。かの者は、まだ内舎人《うどねり》になっておりません」

朗らかに語る左近衛大将に、勾当内侍が遠慮がちに訂正《ていせい》する。

「おお、そうであったかな？」

「そうでございますよ。人事は年明けからですから、この方相氏役が大舎人《おおどねり》としておそらく最後のお役目になるのではありませぬか」

几帳《きちょう》も置かずに語りあう二人は、もはや夫婦のような仲睦《なかむつ》まじさである。勾当内侍は未だに「左大将様とはさような関係ではございませぬ」などと言い張っているが、おそらく時間の問題だろう。

そんな二人の姿に、几帳越しの伊子もつい笑みを浮かべる。ちなみに隣に控える千草などは、さっきからにやにやしっぱなしである。

勾当内侍、もとい内裏《だいり》女房達のご機嫌伺いに来た左近衛大将が話題にしたのは、大晦日《おおみそか》に行われる『追儺《ついな》』についてである。

鬼遣《おにや》らひとも言われる悪鬼を追い払う宮中行事で陰陽寮《おんみようりよう》によって主催されるが、その中心的役割を果たす方相氏役は大舎人の中から選ばれる。左近衛大将によると今年の方相氏に選ばれたのは、例の内舎人に選抜された右大臣家縁《ゆかり》の侍《さむらい》ということらしい。

確認するつもりで伊子は尋ねた。

「平内というのなら、新しく内舎人になる者は平氏出身なのですか？」

「そうです。平仲道《たいらのなかみち》と申します。確か検非違使大尉《けびいしだいじよう》の次郎（次男）であったかと。言われてみれば平内ではなく平次《へいじ》と呼んだほうが、まだよいですね。方相氏に選ばれるだけあってたいそう長尺な若者で、もしかしたら私よりも高いやもしれませぬ」

「まあ、さように」

伊子は驚きの声をあげた。六尺はゆうに届く美丈夫《びじようふ》の左近衛大将をさらに上回るというのなら相当な長身だ。ちなみに平内というのは平姓の内舎人の呼び方で、これが源氏だと源内《げんない》、藤原氏だと藤内《とうない》となる。

かの者はまだ内舎人ではないから、平内と呼ぶのは確かに早い。平家の次男坊だから平次と呼んだほうが現状では的確だ。ちなみに方相氏役の選抜基準は〝背が高い者〟に過ぎないので、内舎人のように誉《ほま》れというわけでもない。

「ならば威厳のある方相氏として、さぞ栄えることでしょうね」

夢見るようにうっとりと千草が言う。相撲節会《すまいのせちえ》のときもそうだったが、彼女は御所の優男《やさおとこ》などよりも筋骨隆々のたくましい男に惹《ひ》かれる性質であった。

鬼を追い払う役割の方相氏は、黄金の四つ目のついた恐ろしげな仮面を被《かぶ》り、手には盾と矛《ほこ》を持つ。黒の長衣に朱の裳《も》という異形《いぎょう》を装うので顔立ちはまったく関係がない。おまけにそれだけ身体《からだ》の大きな者であれば、いっそう迫力が増すだろう。

それからも左近衛大将を中心に、しばらく追儺の話題で盛り上がった。だが伊子はいつしか上の空となり、しまいには彼らの話をまったく聞かなくなってしまっていた。几帳を隔《へだ》てていたことで左近衛大将が気付いていないのは幸いだった。目《ま》の当たりにしていたら、いくら人の好い彼でも気分を害していただろう。

伊子の頭を占めていたのは、もちろん入道の女宮の参内である。

入道の女宮は三代前の帝の内親王、嵩那の父である先々帝の同母妹である。同母兄に心酔し、彼の系統から皇位を奪った異母弟——先帝に強い憎悪をたぎらせ、皇位を兄の系譜に戻そうと画策した烈女《れつじょ》だ。

先日の御仏名の際、数十年ぶりに参内した彼女の魂胆《こんたん》が明らかになった。

それは先帝の孫である今上を帝位から引き摺《ず》り下ろし、兄の子である嵩那を即位させるというとんでもないものだった。

手始めに伊子と嵩那の関係を利用し一の人たる顕充を味方につけようとしたのだが、彼の父親としての伊子への情愛と今上への忠義に計画は頓挫《とんざ》した。しかし別れ際の彼女の有様は、とうてい目的を諦めた人には見えなかった。

その女宮が、御仏名から十日しか経っていない大晦日にふたたび参内するというのだ。

(いったい、なんのために?)

なにか企《たくら》んでいることは間違いないが、相手の出方が分からないから対策を練《ね》ることができずにやきもきする。

それにしてもこれだけ油断ならぬ相手のために、わざわざ局《つぼね》を整えて出迎えなければならぬとは、宮仕えというのも因果《いんが》なものだ。

(まったく、結界を張って追い返したいぐらいの相手なのに)

およそ現実的とも思えぬことを想う伊子の眉間《みけん》の皺《しわ》は、ここにきてさらに深くなった。

慌《あわただ》しいなりに平穏な日々が過ぎ、あっという間に大晦日を迎えた。

御所では大晦日から正月にかけて儀式が目白押しとなるが、本日の追儺はその第一弾と言えるだろう。付け加えるなら大晦日には、他にも御霊祭《みたままつり》と大祓《おおはらえ》が催される。御霊祭は文月《ふづき》の盂蘭盆《うらぼん》と同じで、還《かえ》ってきた先祖の霊を供養《くよう》する儀式。大祓は万民の半年間の罪や穢《けが》れを祓う儀式で、水無月《みなづき》と師走《しわす》の晦日に行われる。

「まったく、ちょっとは分散してくれればいいのに」

千草のぼやきは男女を問わず、御所に仕えるほとんどの者の共通認識だろう。

大祓のために帝が御贖《みあが》（大祓の日に行う、天皇、皇后のための祓）を済ませたのは少し前のことだった。今頃朱雀門《すざくもん》（大内裏の正門）の前では、親王以下の群臣が集まり神事が行われているはずだった。

そして御霊祭のためには、清涼殿に祖先の霊を出迎えるための祭壇を設けてある。このあと夜が更ければ紫宸殿《ししんでん》で追儺が行われ、元旦の早朝には清涼殿での四方拝《しほうはい》にと突入する。

女房達は朝からきりきりと立ち働き、伊子もこれまで経験したことがない慌しさに忙殺された。自宅でも正月はそれなりに忙しかったが、御所の忙しさは比較にならない。なにがどこで行われるのかを整理するので頭がいっぱいで、あれほど懸念《けねん》していた女宮のことも、ここまでまったく考えずにいたほどだった。未然の禍《わざわい》への対策は大切だが、目前の仕事をこなすほうがとうぜん優先される。

御贖が終わり、ほんのわずかな時ではあるがようやく一息つけた。そこで出たのが千草の「分散してくれればいいのに」という愚痴《ぐち》だったのである。

対して勾当内侍《こうとうのないし》が、なだめるとも励《はげ》ましともつかぬ口調で言う。

「まだまだ序の口ですよ。踏歌節会《とうかのせちえ》ぐらいまでは覚悟していて下さいね」

「ちょ、踏歌節会って来月の十七日ですよね？」

「そうです。内教坊《ないきょうぼう》の妓女《ぎじょ》達がまことに艶《あで》やかで、個人的には五節舞《ごせちまい》より好みですわ」

千草は恐れおののくが、勾当内侍は余裕綽々《しゃくしゃく》である。さすが十余年に及ぶ宮仕え歴を持つ辣腕《らつわん》女官だ。その彼女に次ぐ中﨟《ちゅうろう》の次席、二十八歳の小宰相《こさいしょう》のおもとこと小宰相内侍が脅しをかけるかのごとく畳《たた》みかける。

「追儺が終わって元旦となれば、日も昇らぬうちに四方拝。次は歯固《はがため》と屠蘇《とそ》。小朝拝《こちょうばい》に節会と続きますすよ」

「えーっ、それ全部元旦にやるの？」

「とうぜんです。寝る暇なんてもちろんありませんよ」

小宰相の容赦《ようしゃ》ない断言に、千草は情けない悲鳴を上げた。

やはりそうかと、内心で伊子もがっくりとした。

年末年始の行事予定を確認したとき、これははたして睡眠時間が確保できるのだろうかと不安になったがあんのじょうだった。

「あの、もちろん交代で休みますから……」

取りつくろうように勾当内侍は言うが、ぎちぎちに詰まった行事予定を考えれば期待はしないほうが良いだろう。

（まあ、今日明日と忙しいのはみな平等だからね）

正月の儀式には、帝も含めて親王諸臣のほとんどが参加する。御所にかかわる者は貴賤《きせん》を問わずみな仕事に忙殺される。年末年始とはそういうものなのだ。

しばし雑談を交わしているうちに、係の女房が大殿油《おおとのあぶら》に火を入れにきた。伊子は格子《こうし》のむこうに目を向けた。ぴっちり閉ざされているので気付かなかったが、もうずいぶんと日は落ちているのだろう。

酉《とり》の刻にはじまった大祓はそろそろ終わりであろうか。ならば追儺の準備のためにも主上《おかみ》のもとに参上しなければならない。

しかし気が重い。

あれ以降、帝との間はぎこちない。以前のように気さくに話をすることはできなくなっている。

　だがそれとは矛盾《むじゅん》して、帝の伊子に対する重用は以前より増しているのだ。なにかれと呼び出されて意見を求められる。以前より堅苦しくなったやりとりを周りがどう感じているのかは分かぬが、呼び出す頻度《ひんど》が増えているからか、少なくとも悶着《もんちゃく》が起きたという噂《うわさ》は立っていない。

「そういえば、尚侍の君《かん》様」

　全ての火を入れ終わった女房が、ついでのように口を開いた。

「なんですか？」

「少し前ですが、入道の女宮様が麗景殿《れいけいでん》にお入りになられました」

「!?」

「ま、まあ、お迎えもせずになんということ……」

　絶句する伊子の横で、勾当内侍と小宰相があわてふためく。それはそうだろう。普通に考えて、女房達が総出でお出迎えをしなければならぬ相手である。

　中臈の筆頭と次席に責められた形になった女房は、少しばかり頬《ほお》を膨らませた。

「とつぜんお出でになられたのです。尚侍の君様はもちろん勾当内侍様にもお伝えしようとしたのですが、ご本人様がお疲れですぐにお休みになられたいから、挨拶《あいさつ》は後でよいと仰《おお》せになられたのです」

言い分は納得できる。疲れきってすぐにでも休みたいと考えているところに、大仰《おおぎょう》な出迎えを受けるのは伊子だって嫌だ。そもそも顔をあわせたところで、にこにこと世間話ができるような間柄ではない。おたがいに威嚇《いかく》しあって、いっそう疲れが増すのは目に見えている。

「そういうことならば仕方がありませんね」

あっさりと伊子は言った。勾当内侍はまだ困惑気味だが、小宰相は納得顔である。世代的に少し若い彼女のほうが割り切りも早いと見える。

彼女を見習って伊子も切り替えることとし、火入れ役の女房に視線を動かす。

「では入道の女宮様には、なにかご用向きがあれば、ご遠慮《えんりょ》なくお呼びくださいとお伝えしてちょうだい」

宣戦布告か牽制《けんせい》だか己の意図が自身でも分からぬが、とりあえず澄ました顔で伊子は告げた。

大晦日《おおみそか》の夜。紫宸殿の南庭《だんてい》にて『追儺《ついな》』が始まった。

南廂《みなみひさし》の中央部の『額《がく》の間』と呼ばれる場所に御座所《おましどころ》を構えた帝の横で、女宮がなにか話しかけている。少し離れた位置に控える伊子の目には、二人は祖母と孫のように親しげに映る。

白い頭巾で頭を被《おお》い、梔子《くちなし》色の小袿《こうちぎ》と袴《はかま》に朱色の七条袈裟《しちじょうのけさ》をかけた尼僧《にそう》姿は清らげで品の良い尼君《あまぎみ》にしか見えなかった。

帝は女宮の本意を知らない。御仏名《おぶつみょう》に彼女が出席したことで、先帝の件は水に流してくれたものと信じている。女宮の企《たくら》みを告げて距離を置くよう進言することも考えたが、それでなくとも祖父の専横に心を痛めている帝にそれを告げることは憚《はばか》られた。なにより嵩那の今後の立場を考えれば、女宮の意中を世間に知られることは妨げたい。

南廂には高位の女人《にょにん》達が、格子を隔《へだ》てた簀子縁《すのこえん》には王卿《おうけい》達、少し身分の低い女房達もそこに座を得る。紫宸殿の格子は基本は下ろされており、本日は額の間の格子のみが上げられて、そこには御簾《みす》が下ろされている。

雲客《うんかく》（殿上人《てんじょうびと》）達は、弓と矢を持って庭や回廊《かいろう》に控えている。彼等には方相氏《ほうそうし》と共に悪鬼を射る役目が課せられていた。弓と矢はそれぞれ桃の木と葦《あし》で作られたものだ。

南庭では数箇所で篝火《かがりび》と庭火が勢いよく焚《た》かれ、薪《たきぎ》の爆《は》ぜる音が時折響く。燈籠《とうろう》や松明《たいまつ》の明かりも手伝って、夜の紫宸殿は昼間のように明るかった。

そこに方相氏役の大舎人《おおどねり》が、侲子《しんし》役の童《わらべ》達を伴《ともな》って参入してきた。

「あれが、平大尉の次郎君なのですね」

御簾際に顔を寄せ、隣で千草が言う。女宮を避け、今回は伊子も御簾際に座っていた。付き従う童との比較もあるが、方相氏は遠目にも非常に大柄であることが分かった。黄金四つ目の仮面はここからではよく見えないが、丈の長い玄衣《くろぎぬ》に朱色の裳《も》。若布《わかめ》のように縮れた鬘《かずら》が白い面の周りを縁取っている。

確かに千草好みのたくましい若者のように見える。もっともあの装束では、長尺という だけで顔はおろか体躯《たいく》も分からないから、あんがいひょろ長いだけの青年という可能性もあるのだが。

次いで回廊西の月華門《げつかもん》から、浄衣《じょうえ》姿の陰陽師《おんみょうじ》達が入ってくる。それぞれが定位置についたあと、陰陽允《おんみょうのじょう》（陰陽寮《おんみょうりょう》の三等官）が祭文を読みあげるために前にと進み出る。

（？）

伊子は目をすがめた。深沓《ふかぐつ》を履《は》いた允《じょう》の足取りがやけにおぼつかない。酔漢《すいかん》のようにも見える。まさか祭文を読む前に飲酒などしまいと思いはするが、高下駄《たかげた》を履いているわけでもないのに、あの足取りはあきらかにおかしい。

（ひょっとして、具合が悪いのでは？）

しかもそれは允だけではなかった。方相氏の後につづく侲子達の足取りもみょうにふらついている。

御簾内の女房達も異変に気付いたらしくざわつきはじめる。

そのとき簀子側の御簾が上がり、嵩那が入ってきた。伊子をはじめ女房達は絶句する。女人達がいる御簾内に許しも得ずに入るなど、紫宸殿でなくとも非礼な行為である。だが伊子が驚いたのは、それが理由ではなかった。

床に片手をついた嵩那が、半ば倒れるようにして転がりこんできたからだ。檜扇《ひおうぎ》も放り出して、伊子は嵩那のもとにいざりよった。

「宮様、いったい……」

「お逃げください。妙でございます」

不穏な事態に、御座所《おましどころ》にいた帝も腰を浮かす。

「宮、いったいなにが――」

帝が言い終わらないうちだった。

南庭から奇声が上がり、伊子はぎょっとして振り返った。

哄笑《こうしょう》とも叫喚《きょうかん》ともつかぬ叫びは人々の間に波紋のように広がり、南庭はたちまち興奮の坩堝《るつぼ》となった。

簀子にいた女房達は、あわてて額の間に避難してくる。困惑する公卿《くぎょう》達の中で、ひときわ背の高い人物が立ち上がった。左近衛大将である。

「そなたらなにをしておる、静まらぬか！」

その左近衛大将の怒声も、興奮した群臣達には届かない。いや、声だけ聞いているとすでに錯乱《さくらん》と称したほうがふさわしい。

埒《らち》があかぬことを悟った左近衛大将は、呆然《ぼうぜん》とその場に立ち尽くした。顕充をはじめとした公卿達も、腰を抜かしたようにその場にへたりこんでいる。

とつぜん奥から、誰かが一直線に駆け寄ってくるのが見えた。風のような勢いでやって来たのは、鬼払いの矛《ほこ》と盾を持った方相氏だった。

その姿を伊子がきちんと認識したのと、彼が正面の階《きざはし》を駆け上がってきたのはほぼ同時だった。南階《みなみのきざはし》と称される十八段の階を、あと一段残したところで方相氏は仁王《におう》立《だ》ちをして叫んだ。

「われの名は慶那《よしふゆ》」

仮面をかぶっているからなのか、それとも尋常《じんじょう》ではないからなのか、その声はやけに歪んでいた。そもそも方相氏役の青年は仲道という名ではなかったか。検非違使《けびいし》庁の平大尉の次郎君であったはずだ。

（慶那って、誰？）

答えを求めるように嵩那の顔を見上げた伊子は、ぎょっとする。嵩那は完全に色を失って呆然と方相氏を見ていた。

方相氏は御簾に向かって、すなわち額の間に対してぐいっと矛を突きつけた。

「おのれ、為那《なりふゆ》。兄との約定を破棄したばかりか、父、高陽院《かやのいん》の御下命までも蔑《ないがし》ろにするとはなんたる不遜《ふそん》！　この恨み、いかにして晴らしてくりょうか！」

歪《いびつ》なその声は、驚くほどの声量で紫宸殿と南庭に響き渡った。

未だに事情が察せずにいる伊子の前で、嵩那が我に返ったように叫んだ。

「不敬《ふけい》であるぞ！　父帝の名を語る不届き者め！」

嵩那の口から出た呼称に伊子は愕然《がくぜん》とする。ならば慶那とは先々帝の諱《いみな》で、兄というかには為那とは先帝のことなのか。諡号《しごう》だけは知っていた高陽院とは二人の父帝。嵩那と斎院《さいいん》の祖父である。

つまり先々帝を名乗った者が、先帝の行いを糾弾《きゅうだん》したのだ。

「なにをしている、早くその者を――」

その嵩那の命は、どうっと起きた喚声にかき消された。

南庭に控えていた群臣達が、まるで勝鬨《かちどき》のような気勢をあげている。

「まことじゃ。高陽院があれほど誓わせたというのに」

「孝にももとる行い。我らは断じて容認しておらぬぞ」

「前の帝（先々帝）のお怒りはごもっともじゃ」

南庭は大変な騒ぎとなり、それこそ火事場のような混乱ぶりだった。大人の罵声《ばせい》はもちろん、子供が鳴き叫ぶ声も響いてくる。方相氏に従っていた侲子役の童達であろう。地面に大の字でひっくり返っている者も多数いるようだった。

すでに手のつけようはなかった。伊子はもちろん簀子にいた王卿達は為す術《すべ》も無くへたりこんでいた。

やにわに方相氏は盾と矛を放り出し、南階を駆け下りた。

嵩那が背後から突かれでもしたように叫んだ。

「取り押さえよ！」

しかし喧騒《けんそう》に包まれた紫宸殿は、平常の状態ではなかった。そもそも命を受ける立場の大舎人達の大半がまともな状態ではない。方相氏は誰にも邪魔されることなく回廊東の日華門から飛び出していった。

「左大将！」

友人の武官の名を呼んで、嵩那は御簾の外に跳び出した。

嵩那の声を聞き、呆然としていた伊子は我にかえって御座所に目をむける。そこには蒼白の面持《おもも》ちを浮かべる帝がいた。

「主上《おかみ》！」

伊子は帝の傍にいざりよった。しかし帝は返事をしなかった。できなかったというほうが相応《ふさわ》しい。衝撃のあまり放心した表情は、大殿油《おおとのあぶら》に照らされてもなお青白く、まるで氷水を浴びた人のように肩が震えている。御仏名の初夜に、帝が呼吸を乱して倒れたことを思いだし、伊子はひやりとした。

「主上」

「……大丈夫だ」

自らに言い聞かせるように答えると、帝は胸に手を置いて息を整えた。頬《ほお》にはいくらか血の気が戻ったように見えた。

伊子は顔を寄せた。

「一度、清涼殿にお戻りください。少しお休みになられたほうが宜《よろ》しいものと存じます」

ささやくように進言すると、はたして帝ははっきりとうなずいた。伊子の指示を求めて近づいてきた勾当内侍《こうとうのないし》に、尚鳴《なおなり》を呼ぶように伝えた。蔵人頭《くろうどのとう》でも良かったが、近頃では年が近い尚鳴のほうにより心を許している。ただ五位蔵人である尚鳴が、南庭でこの騒ぎに巻きこまれている可能性はある。

幸いにして尚鳴はすぐに見つかった。というよりも中の様子を案じた彼は、自らこちらに上がってきたところだったのだ。その判断ができるだけ彼はまともであった。南庭の詳細を訊きたくはあったが、いまの状況の帝を前にしてすべきではない。緋色《ひいろ》の束帯を着た尚鳴は不安げな面持ちで、伊子と帝を見比べている。

「主上が清涼殿にお戻りになられます。私はこの場を静めねばなりませぬので、蛍草殿《ほたるぐさ》に随従《ずいじゅう》をお任せいたします」

「心得ました」

圧倒されつつも尚鳴は承諾《しょうだく》した。そのときの伊子は、彼女自身が思うよりもずっと威厳を放っていたのだ。

尚鳴と他に二人の女房に伴われて、帝は額の間を出て行った。

動揺《どうよう》する女房達にいったん持ち場に戻るように命じる。こうなったら追儺《ついな》どころではない。それどころか元日の儀式もどうなるか怪しい。確かに大晦日《おおみそか》は先祖の魂が戻ってくるとされている日だが、それゆえに先々帝の御霊が方相氏にのりうつったとでもいうのだろうか。

（誰が信じるものですか！　そんな胡散臭《うさんくさ》い話）

怒りに燃えた伊子が視線を向けた先は、もちろん女宮《おんなみや》だ。この騒ぎの中、一人どこ吹く風とばかりに取り澄ました面持ちを崩さない。死者の魂が還《かえ》ることは否定しないが、この有様を見れば彼女が一計をめぐらしたと疑わざるをえない。

紅もぬらない尼僧《にそう》の、自然と色づいた唇がゆっくりと動く。

「大変な騒ぎになりましたこと」

反論も詰問もとっさにはなにも思い浮かばず、伊子は女宮をねめつけた。

これが御仏名《おぶつみよう》以降、はじめて聞いた女宮の声だった。

やおら御簾《みす》が持ち上がり、ふたたび嵩那が入ってきた。彼は伊子と女宮が対峙《たいじ》しているところに足早に近づいてきた。そうして彼は立ったまま告げた。

「日華門の傍で、平次が見つかりました」

一瞬なにを言っているのかと戸惑ったが、すぐに意図を理解した。

平次とは平家の次郎君のこと。すなわち先ほど飛び出した方相氏である。

「装束を脱ぎ散らかし、仮面も鬘も外した状態で倒れていたそうです。たたき起こしましたが朦朧《もうろう》として、話ができる状態ではありませんでした」

「それはどういう……」

混乱する伊子を無視して、嵩那は音をたてて座りこんだ。手を床につき、上半身を倒すようにして女宮に詰め寄る。

「いったい、なにをなさったのです」

方相氏役の平大尉の息子は、追儺での記憶を一切なくしていた。朦朧とした状態はほどなくして改善したが、あの場で自分がなにをしたのかはまったく覚えていないと述べたのだという。彼は先に行われた大祓《おおはらえ》で警固の任につき、追儺の準備のために中座した。そこまでは覚えていたし、同僚の大舎人《おおどねり》達もそれは証言している。しかしそれ以降の記憶はなく、気がついたら日華門の前で同僚達にたたき起こされたと言うのだった。

この緊急事態に急遽陣定《きゅうきょじんのさだめ》が開かれ、主たる公卿《くぎょう》達は『殿上の間《てんじょうのま》』に集められた。陰陽頭と大舎人頭《おおどねりのかみ》。彼等から聴取した先の仔細《しさい》を伝えたのは、検非違使別当《けびいしのかみ》の実顕。七歳違いの伊子の同母弟だ。

「なんとも胡散臭い話であることよ」

新大納言《しんだいなごん》は疑わしげに言った。とうぜんの言い分だが、そこから先がいけなかった。

「あんがい大酒でも飲んでいたのではないのか？　分不相応にも内舎人《うどねり》に選ばれたことでうかれてしまったとか」

「――相変わらずねちこい男ですね」

嫌悪感丸出しの千草に、伊子は櫛形窓《くしがたまど》に顔をむけたまま同意する。

殿上の間は清涼殿の南廂《みなみひさし》に設《しつら》えられており、いま伊子達がいる『鬼《おに》の間』とは隣り合っている。両間を隔《へだ》てる白壁には櫛形窓が設えられ、陣定のようすを覗《のぞ》き見できるようになっているのだ。

この場で内舎人人事の反撃をするとは、確かにいやらしい。なにかと嫌みを言うのは右大臣も同じだが、新大納言は見た目がすっきりとした美男であるからなのか、似たことを言ってもやけに意地悪く聞こえてしまう。そもそも右大臣は人柄同様嫌みもしごく単純だったので、わりあい簡単に論破できるというのもあるのだが。

分不相応という言葉に右大臣はぎりぎりと歯嚙《はが》みをする。彼の性格からして唾《つば》を飛ばして反論したいところであろうが、配下の者によりこれほどの不始末が起きてしまったのだから多少の嫌みは甘受するしか術《すべ》はなかった。

「されど解せぬ話ではある」

それまで黙考していた顕充が、やおら口を開いた。

「仮に飲酒の影響があったとしても、年若い大舎人が二十年以上も前に身罷《みまか》られた先々帝を名乗ることは考えられぬのではないか。まして高陽院《かやのいん》の名まで口にするなど、あきらかに普通ではない。五十を過ぎた私でさえ朧《おぼろ》な記憶しかない御方であるというのに」

「さ、左の大臣《おとど》の仰《おお》せのとおりじゃ。そもそも先々帝と先帝の御諱《おんいみな》を、二十歳《はたち》を過ぎたばかりの大舎人が諳《そら》じているなど考えられぬではないか」

ここぞとばかり右大臣が同意する。日頃はなにかと顕充に突っかかる彼だが、ここはちゃっかりと助け舟に乗るつもりらしい。もっとも顕充は右大臣を助けようとしたわけではなく、客観的な状況を述べたにすぎないのだが。

筆頭と次席に揃って論破された新大納言は、面白くもなさそうに顔をそむける。しばしの沈黙のあと、下座にいた参議が声を震わせた。

「ならば、やはり先々帝の御霊が……」

「滅多なことを申されるな。父帝は成仏《じょうぶつ》なされておられる！」

叱りつけるように嵩那が言った。日頃は温厚な彼の厳しい口調に、居合わせた者達は息を呑《の》んだ。伊子個人に言わせれば、嵩那の険しい表情は女宮関連で近頃は珍しくもなくなっていたのだが。

「宮様、おちつきなされ」

隣にいた左近衛大将になだめられ、嵩那はしぶしぶ口をつぐむ。櫛形窓のむこうで伊子はほっとしていた。父帝の名を出されて苛立《いらだ》つ気持ちは分かるが、あまり厳しく否定すると相対的に方相氏《ほうそうし》の罪を追及する空気になってしまうからだ。

あのときの方相氏は、まちがいなく尋常《じんじょう》ではなかった。顕充も言っていたが、年齢や立場等を鑑《かんが》みれば、あの発言が彼の自発的なものである可能性は低い。ならば誰かに命ぜられたのか、あるいは本当に物《もの》の怪《け》が言わせたのかのどちらかであろう。いずれにしろ現状で、彼一人の罪として問うことは酷《こく》である。

座が落ちついたのを見計らい、顕充がふたたび口を開く。

「そもそも面妖であったのは方相氏だけではない。南庭《だんてい》にいた群臣の振る舞いもまちがいなく奇怪であった」

まさしく、その通りである。騒いだのが方相氏だけであったなら、多少こじつけくさくとも飲酒か物の怪の仕業《しわざ》で片付けられていたかもしれない。

一般的に物の怪は、人に取り憑《つ》いてその相手を苦しめるものとされる。ゆえに験者《げんざ》の力で物の怪を憑坐《よりまし》に移してその訴えを聞いてやって成仏《じょうぶつ》させるか、あるいはあまりの罪障《ざいしょう》にとらわれて話が通じないようであれば、力ずくで退散させるなどして調伏《ちょうぶく》する。つまり方相氏が憑坐になったと考えるのなら、彼の言動は物の怪の仕業で説明がつくのだ。

だが事はそれだけで終わらなかった。まるで方相氏に煽《あお》られたように、庭にいた雲客《うんかく》やそれ以下の群臣、侲子《しんし》も含めて集団で錯乱《さくらん》してあの騒ぎになった。しかもそのうち複数が失神までしたというのだから尋常ではない。

だからこそ嵩那は、女宮を問い詰めた。しかし彼女は平然としらを切った。

──いったい、なんのことですか？

あの澄ました表情。思いだしただけで腸《はらわた》が煮えくりかえる。なにもしていないはずはない。絶対になにかしているはずなのだ。

（でなければ、あんな奇怪なことが起きるものですか）

朝臣《ちょうしん》達が不満を言い立てたのは、あくまでも先帝に対してのみである。それでも帝には十分過ぎる攻撃だった。先帝の強引な手法を目《ま》の当たりにしてきた今上《きんじょう》は、昨今では特に己の正統性に悩んでいた。そこであんな糾弾《きゅうだん》をされたのだから、受けた衝撃は察してあまりある。

無意識のうちに伊子は、窓枠にかけた指に力を入れた。

女宮がなにかはかったことはまちがいない。しかし手段が分からなかった。なにをどうすれば、あんな妖術のような騒ぎを起こすことができるのか。

（いったい、どうやって）

なにか仕掛けてくるとは思っていたが、ここまで想像外のことをしてくるとは思わなかった。自分が欠片《かけら》も予測できなかったことが悔《くや》しくて、伊子は奥歯をぎりっと嚙みしめたのだった。

方相氏と錯乱した朝臣達の聞き取りは引きつづき行うことにして、ひとまず現場となった南庭では陰陽寮《おんみようりよう》による祓えが行われた。ちなみに朱雀門《すざくもん》前で執《と》り行われた大祓は、朝廷の祭祀《さいし》を担当する神祇官《じんぎかん》、主に中臣《なかとみ》氏によって執り行われたものだった。

陣定《じんのさだめ》はまだつづいていたが、伊子はいったん櫛形窓を離れた。千草になにかあれば知らせるようにと命じて、襖障子《ふすましようじ》から母屋《もや》を過ぎって東廂に出る。

帝は夜御殿《よるのおとど》に入御していると、尚鳴から報告を受けていた。寅《とら》の刻（午前四時頃）には四方拝《しほうはい》がはじまる。それまで少しでも良いから休んで欲しかったので安心した。追儺《ついな》の騒動を受けてまんじりともせずに過ごしてなどいないかと心配ではあるが、さすがに夜御殿をのぞくわけにもいくまい。せめて入御前のようすを訊こうと尚鳴の姿を捜し求めた。

東廂の先の弘廂まで足を伸ばすと、芥子《けし》の薫《かお》りとともに読経《どきよう》の声が聞こえてきた。あんな騒動が起きた直後だから、今宵《こよい》の夜居《よい》役は責任重大だ。

それにしてもこの僧侶《そうりよ》の読経は、声量が抑え目で非常に心地よい。邪《じや》を寄せつけぬよう安寧《あんねい》のために行われる夜居ではあるが、あまりにも熱心だと安眠の妨げにもなるという矛《む》盾《じゅん》もあるのだ。

経に引き寄せられるように足を進めると、芥子の薫りがいっそう濃くなった。

壇の前で経を唱えていたのは治然だった。帝のために一心不乱に加護を祈る横顔に、張り詰めていた伊子の神経は少し和《やわ》らいだ。僧侶という立場ではありこそすれ、先帝の寵臣《ちょうしん》として三代にかけて仕えている治然の存在は、いまの帝にとって頼り甲斐《がい》のある存在であろう。なにしろあそこまで多数から、先帝に対する批判を聞いてしまったのだから。

しばらく遠巻きに見守っていると、ふと読経が止み、なにかの気配を感じたように治然がこちらをむいた。

「誰ぞ気配を感じると思ったら――」

穏やかに言われはしたものの、読経を中断させたことに伊子は恐縮した。

数珠《じゅず》を手にして近づいてきた治然に、深々と頭を下げる。

「申しわけございませぬ。お勤めの邪魔をするつもりは――」

「構いませぬ。こうしてしばらく勤行《ごんぎょう》に励《はげ》んでおりますが、この周囲に怪しき気配はとんと感じられませぬ。紫宸殿に現れたという物の怪も、どうやら無事に祓われたものと存じます」

「真言院《しんごんいん》の方々も、すでにお聞きおよびでございましたか」

「もちろんです。ゆえに今宵は特に念を入れて勤め、物の怪を寄せ付けぬようにと僧正《そうじよう》から申しつけられております。拙僧《せつそう》にとってこれが最後のお勤めとなるでしょう」

どうやらあの騒動は、完全に物の怪の仕業とされたようだ。確かに方相氏一人にかぎって言えば、それが一番納得できる説明ではあるが。

それにしても今年一杯で致仕《ちし》が決まっている治然に、最後の最後でとんでもない大仕事が任せられたものである。

「なれどこの辺りには物の怪の気配も感じませぬし、主上《おかみ》も良くお休みになられておられます。もはや案ずるには及ばぬものと存じます」

「まことにございますか」

安堵《あんど》の色を浮かべる伊子に、治然はつづける。

「追儺があのような騒ぎになりましたので心配していたのですが、さすがお若さです。横たわられてすぐに眠りにつかれたと蛍草蔵人《くろうど》が――」

「まあ」

ここにきて伊子は、ようやく笑うことができた。釣られたように治然も笑い出したが、その視線が伊子の肩のむこうにと動いて止まる。何事かと振り返ると、紙燭《しそく》を手にした嵩那が歩いてきていた。

「大君《おおいきみ》、ここにおいでしたか」

恨みがましいとまでは言わぬが、少々疲れたように嵩那は言った。どうやらそれなりに捜し回ったらしい。

そのあと嵩那は、治然にと視線を動かした。

「これは式部卿《しきぶのきょうの》宮《みや》様、ご無沙汰《ぶさた》しております」

伊子に対するより若干《じゃっかん》堅苦しく治然は挨拶《あいさつ》をした。然《さ》もありなん。先帝の寵臣であったのならば、先々帝の親王である嵩那と親しいはずがない。そこにきてあんな騒動が起きた直後なのだから、敵意はなくとも多少はぎこちなくなるだろう。

「治然律師《りっし》こそ、夜居のお勤めご苦労様です」

同じく堅苦しい挨拶を嵩那も返す。それでも人並みの社会性を持つ二人は、無難な近況報告をしあって別れを告げた。

「では、私は持ち場に戻ります」

そう言って治然は壇の方角に踵《きびす》を返した。伊子達も逆方向に歩き出す。

数歩進んだところで伊子は尋ねた。

「陣定はもう終わったのですか」

「一応ですね。結局、物の怪か狐狸《こり》の類《たぐい》だろうということで、祓《はら》いをしたうえで正月行事は例年通りに行うということで終わりました」

あんのじょうの結論である。公卿達《くぎょう》は女宮《おんなみや》の魂胆《こんたん》など知らないから、誰一人彼女を疑っていない。そうなると奇怪な出来事は、謀略《ぼうりゃく》ではなく物の怪という事勿《ことなか》れ主義で片付けてしまう。

いっそ女宮の本心をあきらかにするべきかとも考えたが、そんなことをすれば嵩那の立場が悪くなる。

加えて今宵の騒動で、伊子の中にもうひとつの懸念《けねん》が生じた。

それは先帝への反発から、女宮の策略に賛同する者が出てくるのではないかというものだった。

その可能性を考えると、女宮の企《たくら》みを口外することは慎重にならざるをえない。

「祓いですか……」

伊子がついたため息は、清涼殿の深い闇の中に溶けていった。

「いまは、それしかないのでしょうね」

「そのことですか」

嵩那は切りだした。

「聞いていただきたいことがあります」

あらためての要請に、伊子はさして驚かなかった。そうでもなければ、こんな夜更けに捜しには来ないだろうと思ったからだ。

「では、私の局《つぼね》に」

そう言って伊子は、承香殿《しょうきょうでん》の方向を指差した。


大殿油《おおとのあぶら》が灯る中、伊子と嵩那は御簾《みす》を隔《へだ》てて話をはじめた。少し離れた場所に千草を控えさせているが、それ以外の女房は下がらせている。

「麻《あさ》、ですか？」

嵩那の口から出たあまりにもありふれた名称に、伊子は拍子抜けさえした。

紫宸殿の騒動について聞いてもらいたいことがあると言われ、いったい何事かと身構えていたところにこの証言だから最初は耳を疑った。

しかし嵩那は平然としたものだった。

「ええ、麻だったと記憶しています」

「それが先ほどの騒動に関係しているかもしれないとは、どういう意味ですか？」

解せなかった。苧麻《からむし》、黄麻《おうま》等幾つかの種類はあるが、麻は布や紙の材料となるありふれた植物である。それのなにが怪しいというのだろう。

「ずいぶん以前に書物で読んだのです。もしかしたら典薬寮《てんやくりよう》の者に又聞きをしたのかもしれません。麻を焚《た》くとその煙で人が著《いちじる》しく昂揚《こうよう》し、はてには錯乱《さくらん》することがあると」

「はい？」

にわかには信じがたい話である。そもそも麻のような一般的な植物にそんな効能があるのなら、とっくに世に知られていても良さそうなものだ。

「まことでございますか？　そのような話は、聞いたことがありません」

「この国の麻ではありません。唐土《もろこし》よりもさらに遠い、天竺《てんじく》か大食《タージ》（イスラム諸国）だったかと……はっきりとは覚えておりませぬが、大陸で育つ苧麻の中にはそのような作用を持つものがあると聞いたことがあります」

天竺やら大食やら、あまりにも日常からかけ離れた話に伊子は軽く混乱した。都育ちで畿内からも出たことがない人間にはおよそ現実とは思えぬ話だ。もっともその点では嵩那も似たようなものだろうが。

しかしそのような麻が本当に実在するのなら、南庭《だんてい》での朝臣達《ちようしん》の騒ぎは説明がつく。篝《かがり》火《び》か庭火にそれが仕込まれており、煙を吸った結果起きたと考えられる。簀子《すのこ》も含めて紫宸殿に居た者が影響を受けなかったのは、篝火から距離を取っていたからだろう。殿舎には釣り燈籠《どうろう》や大殿油が豊富にあるので、間近で火を焚く必要はない。

とはいえ天竺や大食の麻など、あまりにも突飛《とっぴ》過ぎる感が否《いな》めない。

「そもそもさような遠い国のものを、いかにして手に入れ――」

そこで伊子は愕然《がくぜん》とする。

御仏名《おぶつみよう》に献上された見事な地獄絵の屏風《びょうぶ》。その作者について尋ねたとき、女宮は博多《はかた》の唐房《とうぼう》（中国人街）の絵師に描かせたと言っていた。

そうだ。女宮は唐房に伝手《つて》を持っているのだ。

いまの日本は、他国との正式な外交を行っていない。しかし民間での交易は依然としてつづいており、筑前国の博多津《つ》（津は港の意味）はその中心地となっている。そこであれば都では見ることも叶わない舶来品《はくらいひん》が数多く入ってきているだろうし、伝手と資金さえあれば望む品を、それこそ大食からでも取り寄せることもできる。

「いかが思われますか？」

嵩那の問いに、伊子はしばし黙考する。自分の世間知らずを棚に上げて、そんな話は現実的ではないなどと言うつもりもない。女宮の力量を持ってすれば、可能な事案だと思われはするが――。

「ですが、それでは方相氏《ほうそうし》の行動に説明がつきません」

伊子の指摘に、今度は嵩那が黙りこんだ。

麻が人の精神にどれほど過激な作用を及ぼすとしても、知らぬことを口にすることは絶対に出来ない。少なくともあの方相氏は知っていたのだ。皇位継承にかんする先帝の専横。のみならず先帝と先々帝の諱《いみな》までを。

しかし二十歳《はたち》そこそこの無位の官吏《かんり》が、先帝はともかく二十年以上間に身罷《みまか》った先々帝の諱を諳《そら》んじているなど偶然では考えにくい。

「それに煙を吸いこんだ所為《せい》というのなら、あれほど大きな面をかぶった方相氏はさほど強い影響は受けないと思うのです。微量でも影響が及ぶほど強いものであれば、簀子にいた宮様方にもなんらかの症状が出たはずです」

「なればやはり、父帝の御霊が参られたのでしょうか」

存外にあっさりと嵩那は言った。群臣の奇行は麻の煙、方相氏の奇行は物《もの》の怪《け》がさせたこと。そう考えたのなら一応の説明はつく。

嵩那はさらに話を掘り下げる。

「叔母上《おばうえ》が平次になにか摑《つか》ませて演じさせたのかとも考えましたが、藤壺女御を擁《よう》する右大臣家の侍臣《じしん》が、この時期に今上《きんじょう》の立場を悪くするような真似《まね》はしないでしょう。平次個人を調べても、内舎人《うどねり》に選ばれるだけあって素行はすこぶる良く、強請《ゆす》られるような種もありませんでした」

要するに方相氏の奇行は、平次の意志によるものとは考えられないのだ。だからこそ物の怪という理由に信憑性《しんぴょうせい》が増す。

「腑《ふ》に落ちません」

きっぱりと伊子は言った。

「仮に大陸の麻が原因だとしたら、まちがいなく女宮様がかかわっておられます。なれば方相氏の行動を、物の怪などの不確実なものに委《ゆだ》ねるなどなさらぬはずです」

断言できる。あの女宮が、そんな甘っちょろい手段を取るはずがない。

確かに興奮した群臣の多くが先帝を誹《そし》った。しかし先頭を切った方相氏の非難がなければどうなっていただろう。実際先帝と接点のない若い官吏や侲子《しんし》は、異常な興奮、失神などの奇行は目に付いたものの、先帝の非難には参加していなかったというではないか。

群臣は自発的にではなく煽《あお》られた結果、従来の鬱屈《うっくつ》を爆発させて先帝を誹った。

この仮定が正しければ、方相氏が確実に先帝を非難するという確証がなければ計画は成り立たないのである。

大陸の麻は人を奇行に走らせはするが、自由に操れるようにするわけではない。紫宸殿での様子を見たかぎり、むしろ手に負えない状態にしてしまう類《たぐい》のものだ。

平次に疑うべき点がないから物の怪の仕業《しわざ》であろうという筋立ては分かる。しかしあの女宮が、計画の根幹を為す部分を物の怪に頼るとは思えなかった。

伊子は片手を床につき、御簾際にぐいと身を乗り出した。

「もう一度、平次の周囲を調べてみてください」

人を疑いたいわけではないが、安易に人ならざるものの所為にして終わらせるのは絶対にちがう。ましてここで女宮の謀略を見過ごしては、次にさらなる脅威《きょうい》を仕掛けてくるにちがいない。女宮に野望を諦めさせることはできずとも、簡単にやられてはならない。そうしなければ彼女は、次から次へと謀略を繰り出してくるだろう。だからこそ易きに流される相手と侮《あなど》られてはならないのだ。

伊子の気勢に嵩那はしばし気圧《けお》され、だがやがて深くうなずいた。

「分かりました。調べてみましょう」

嵩那が出て行ってすぐ、外まで見送りをさせた千草が飛び戻ってきた。

なんでも嵩那が渡殿《わたどの》に出たところで、新大納言《しんだいなごん》が話しかけてきたのだそうだ。しかも彼はその渡殿を、清涼殿がある西側ではなく麗景殿がある東側から歩いてきたのだという。

言うまでもなく麗景殿は、女宮が局を構える殿舎である。大嘗祭《おおなめさい》の舞姫支援をきっかけに、女宮は新大納言と交流を持っている。

不穏なものを感じて伊子は外に飛び出した。麗景殿と弘徽殿《こきでん》をつなぐ長い渡殿は、承香殿の北簀子と平行な形で設《しつら》えられている。北簀子から伊子は、渡殿にむきあって立つ嵩那と新大納言を見つけた。

忍び足で渡殿に上がり、二人に気付かれないように柱の陰に身を潜める。

釣り燈籠を前に、嵩那は伊子に背をむけている。新大納言の姿は嵩那の身体《からだ》に隠れて半分ほどしか見えなかったが、二人の影は高欄《こうらん》を越えて、明かりに照らされた壺庭《つぼにわ》にまで長く伸びていた。

「踏歌《とうか》の妓女《ぎじょ》を？」

嵩那の声はあきらかに戸惑っていた。話題にしているのは、察するに十七日の女踏歌のことであろう。内教坊《ないきょうぼう》の妓女達により執《と》り行われると勾当内侍《こうとうのないし》が話していた。

「さよう」

新大納言は扇を揺らしたのか、高欄の映った影がゆらりと動いた。

「宮様もご承知のことでありましょうが、女踏歌は従来であれば中宮《ちゅうぐう》と東宮《とうぐう》が、内教坊とは別に妓女を提供することになっております。されど中宮はもう長年不在。東宮も二年連続不在となり、これは内教坊別当としていささか寂しいかぎり。そこで代役と申しては失礼ですが、二品《にほん》という高い位をお持ちの宮様にこの役をお引き受けいただけないかとお願いしている次第であります。もちろんあまりにも急であることは承知しております。ゆえに差し支えなければ私のほうで妓女は準備いたします。宮様は二品位親王としての名目をお貸しくだされればそれでけっこうなのです」

このなかなかの長台詞《ながぜりふ》を、新大納言は息つく間もないほど一気に語った。おかげで嵩那は口を挟む間すら与えられなかった。

内教坊の別当は、大納言、中納言のうちから歌舞曲に堪能《たんのう》な者が選ばれることになっている。新大納言がその任にあるとは知らなかったが、それならば彼は踏歌の采配《さいはい》をする立場にある。

とはいえ曲がりなりにも皇位継承権を持つ嵩那に東宮の代役をしろとは、いくらなんでも剣呑《けんのん》過ぎる。伊子が嵩那の立場にあれば「無責任なことを言うな」と怒鳴りつけているところだ。

「せっかくですが――」

温厚な嵩那は怒りこそしなかったが、少々うんざりしたように返した。

「一親王である私がその任を請け負うことは僭越《せんえつ》に他ならない。卿がどうにかして献上という形を取りたいのであれば、主上《おかみ》の義母で国母《こくも》に近い位置にある姉上か、あるいは准三宮《じゆさんぐう》の位を持つ叔母上に、中宮代理として頼むのが理に適っておりましょう」

正論だった。嵩那が名をあげた二人であれば、嵩那に東宮の代理を依頼するよりよほど筋が通っている。特に女宮が持つ准三宮の称号は三宮（太上皇太后《だじょう》、皇太后、皇后の総称）に準ずるものだから、中宮の代役としてまさしくふさわしい。

新大納言はぐうの音《ね》も出ないだろうと思った。

だが意に反し、新大納言はまるで戯《たわむ》れるように檜扇《ひおうぎ》で自らの額をこつんと打った。

「いや、これは申し訳がない。真っ先にお伝えしなければならぬことを失念しておりました」

「？」

「実はこの件は主上からのご提案なのですよ」

伊子は息を呑《の》む。嵩那がどんな顔をしたのかは分からなかったが、その肩はひどく強張《こわば》っているようだった。

対照的に新大納言の口ぶりは軽やかである。

「もともとこの件は、主上が入道の女宮《おんなみや》様にご依頼なされたのです。しかし女宮様はご高齢であることを理由に、自分ではなく宮様に代役を依頼したいと仰《おお》せになられて、主上も宮様が宜《よろ》しいのであればと承諾《しょうだく》なされたとのことでございます」

伊子は長い渡殿の先にある麗景殿にと目をむけた。

燈籠《とうろう》が軒端《のきば》ばかりを照らし、女宮が局《つぼね》を構える巨大な殿舎は、夜の帳《とばり》の中でいっそう濃い影として小山のように浮かび上がって見えた。

嵩那は声をしぼりだした。

「――卿はその話を、叔母上から聞いたのですか？」

「ええ。女宮様に呼ばれまして、先程まで御座所《おましどころ》をお訪ねしておりました。のちのち帝からご下命もあるものと思いますが、そのときは私に宮様を支援してあげて欲しいと女宮様が――」

最後まで聞かないまま、伊子は踵《きびす》を返した。北簀子では千草が不安げな顔で待っていたが、なにも言わないまま局に入る。練絹《ねりぎぬ》に朽木《くちき》形の紋様を描いた帷《とばり》と、花鳥を描いた衝立《ついたて》で囲まれた中は、小紋高麗《こうらいべり》縁の畳《たたみ》に唐錦の茵《しとね》が敷いてある。

桜花の蒔絵《まきえ》を施《ほどこ》した脇息《きょうそく》に突っ伏し、伊子は頭を抱えこんだ。

帝の真意がつかめない。女宮に妓女の献上を依頼したことまでは理解できる。なにしろ帝は女宮を疑っていないのだ。

しかし嵩那の代行を承諾したことは解せない。皇統の不正が糾弾《きゅうだん》された直後に嵩那が東宮の代行をする。朝臣達《ちょうしん》がどんな感情を嵩那に持つかなど目に見えているではないか。

そこで伊子は思いつく。もしかしたらそれこそが帝の狙いなのではないのか、と。

御仏名《おぶつみょう》の夜。帝は嵩那に東宮位について欲しいと懇願《こんがん》した。右大臣と新大納言を中心とした朝臣達の対立が過激になるのを防ぐためだ。かといって禅譲《ぜんじょう》を考えているわけではないので、年上の嵩那を東宮にすることは彼を飼い殺しにしかねないと躊躇《ちゅうちょ》はしていた。

にもかかわらず今回女宮の要望を呑んだのは、嵩那に対しての悪意の表れではなかったのか。顕充が伊子と娶《めと》わせたい相手として名を上げた嵩那に対しての――。

伊子は固く目を瞑《つむ》った。

結婚の件で帝が嵩那を憎んだとしても、それは人としてしかたがないことだ。そもそも嵩那は、飼い殺しとなりかねない東宮位につくことをけして拒《こば》んではいない。それで世が治まるのなら構わないとも言っていたのだ。だから嵩那には申し訳ない話だが、彼が東宮となるだけなら大きな問題とはならない。

だがそうなれば、女宮はかならず次の段階に駒《こま》を進める。

次の駒――それは今上を退位させ、東宮となった嵩那に禅譲させることだ。

異母弟に奪われた皇統を、同母兄の系譜に取り返す。その女宮の目的を帝は知らない。

伊子は顔をあげた。か細くなった大殿油《おおとのあぶら》の火が、夜がすっかり更けたことを知らせていた。寅《とら》の刻になれば『四方拝《しほうはい》』が始まる。そこまでもう何刻もないだろう。

帝に真意を尋ねなければならない。その次第によっては、女宮の目的を告げなくてはならないだろう。眦《まなじり》を決した伊子は、弱々しく揺れる大殿油の灯をじっと見つめた。

宮中における四方拝とは、帝が天地四方山稜《さんりよう》を拝し、年中の災厄《さいやく》を祓《はら》い、帝位の無窮《むきゆう》を祈る元旦の儀式である。

夜明け前。式に先立ち湯浴みと理髪を済ませた帝は、召しかえのため『御手水の間《おちようずのま》』に入った。着付けは蔵人と命婦《みようぶ》が四人がかりで行う。ほっそりとした身体に白小袖《しろこそで》をまとった帝が臣下達に取り囲まれて腕を伸ばしてたたずむ様は、蜘蛛《くも》の巣にとらわれて為す術《すべ》もない蝶のようで耽美《たんび》的でさえあった。

伊子は小障子の前に控え、その様子を見守っていた。

正月のために新調した唐衣《からぎぬ》は、濃き萌葱《あおお》の花菱地に銀色の糸で雲鶴丸《うんかくまる》を織り出した二陪《ふたえ》織物《おりもの》である。黒味を帯びた赤の表着《うわぎ》には、唐衣と同じ紋様が織り出してある。色も織りも上臈《じようろう》にしか許されぬ禁色で、五つ衣《いぎぬ》は表着と同系色の赤を薄様にかさねている。己の身分にしか許されぬ曼殊沙華《まんじゆしやげ》のごとき華やかな装束は、好みや洒落《しやれ》っ気などの浮ついた理由ではなく、ひたすら帝の尚侍《ないしのかみ》としての威厳を保つ為のものである。

ほの明るい大殿油の灯が、帝の端整な横顔を照らしだす。

張りつめてわずかに震えているようにも見える頬《ほお》から、うつむき気味でも肉に埋もれることなく優美な描線を保つ形の良い顎《あご》。固く閉ざされた瑞々《みずみず》しい唇。そのすべてに、昨夜起きた騒動の衝撃のあとが刻まれていた。

それでなくとも傷心にある帝に、次第によっては女宮の背信を伝えなければならないのかと考えると気が重い。しかもその傷心の一端は、時宜《じぎ》も考えず嵩那との結婚の意志を告げた自分も間違いなく担《にな》っている。

「尚侍《かん》の君、お願いします」

命婦の呼びかけに、伊子は物思いから立ちかえる。いつのまにか着付けは終わっていた。

元旦の儀式に帝が着御するのは、太陽の色を象《かたど》ったとされる赭黄《しゃおう》色に桐竹鳳凰麒麟《きりたけほうおうきりん》の筥《ばこ》形飛紋《がたのとびもん》を織り出した黄櫨染《こうろぜん》の御袍である。

伊子が立ち上がると、帝の周りにいた命婦達が蜘蛛の子を散らすように引いていく。

前後、上下左右と着付けの仕上がりを入念に確認する。裾《すそ》の長さ、前身頃の膨らみの美しさ、後身頃を調整する格の立て具合。最上級の位袍には完璧《かんぺき》な着付けが必要で、万が一にも乱れがあってはならない。詔書《しょうしょ》を勘《かん》えただす外記《げき》のような厳しい顔で、たっぷりと時間をかけて審査をする。

「宜《よろ》しいかと。大変お美しゅうございます」

笑みを浮かべて伊子は言った。命婦と蔵人達は胸を撫《な》で下ろす。もちろん平常着の御引直衣《おひきのうし》であればここまで厳しい審査はしない。

「それは良かった」

ここにきて帝は、はじめて苦笑いのような笑みを浮かべた。自然にこぼれ出たものではなく、着付けを請け負った者達を慰労するためであろう。

黄櫨染をまとった帝は、母屋《もや》、昼御座《ひるのおまし》と横切って東庭に下りる。庭には紙燭《しそく》を持った雲《うん》客《かく》と剣を捧げた近衛中将が待機しており、帝を拝礼所まで先導する。筵道《えんどう》の先に設営された拝礼所は、唐人打毬《とうじんだきゅう》の図を描いた屏風《びょうぶ》八帖《じょう》で取り囲まれている。入り口で待機していた尚鳴から笏《しゃく》を受け取ると、帝は屏風の奥にと進んでいった。

東庭を挟んで建つ仁寿殿《にじゅうでん》の桧皮葺《ひわだぶき》屋根の先には暁闇《ぎょうあん》が広がっている。空はまだ白む気配はなく、赤々と燃える篝火《かがりび》の中でときおり薪《たきぎ》の爆《は》ぜる音がする。孟春《もうしゅん》といっても元旦早朝の空気は凍《い》てつくように冷たい。

御簾《みす》内で伊子は考えを巡らせる。御所ではこのあとも大小の儀式がつづくことになっている。はたして帝と話をする時間が取れるものだろうか。一刻でも早く妓女《ぎじょ》献上の真意を問いたかったが、こうも立てつづいては人払いを願うこともできない。

（今日は諦めるしかないのかしら……）

御簾向こうの簀子《すのこ》では、雲客や公達《きんだち》が儀式を眺めている。ちなみに顕充をはじめとした主たる月卿《げつけい》達は参列していない。というのも四方拝は個人でも行うものなので、彼らの大半は自邸での式を済ませてから、このあとにつづく小朝拝、元旦節会に参加する流れになっているのである。

そういうわけで清涼殿には右大臣と新大納言《しんだいなごん》の顔も見えなかった。だからなのか簀子に控える朝臣達は、緊張感なくささめごとなど交わしている。

「しかし追儺《ついな》は驚きましたな」

「まったく。御所であのような騒ぎ、前代未聞でございますな」

「物《もの》の怪《け》の影響で騒ぎを煽《あお》った者達は、気まずいのか本日は物忌《ものい》みと称してことごとく謹《きん》慎《しん》いたしております」

昨日の今日だ。彼らの話題が追儺に集中するのはとうぜんであった。しかしこのやり取りを聞いたかぎりでは、方相氏《ほうそうし》のみならず朝臣達の騒動まで物の怪の仕業《しわざ》とされてしまっているようである。

（確かに、そう考えたほうが一番穏便だものね）

騒ぎを起こした朝臣達も、そのほうが立つ瀬は保たれる。

そもそも誰が思いつくものか。鬱屈《うっくつ》していた先帝に対する不満が方相氏という思いがけない存在に煽られ、おそらくだがとんでもない外国《とつくに》の怪しげな麻《あさ》の影響によって爆発したなどと。

「まあ、先々帝のお怒りはごもっともではありますが……」

年配の雲客が、誰もが知っている昔話を語るようにつぶやいた。

「確かに。先の東宮を立坊《りつぼう》すると表明なされたときは、だいぶん反対意見が出ましたな」

「おかげで冷遇された者も少なくはなかった」

「あれは理不尽なものであった。高陽院《かやのいん》の御遺訓《ごいくん》を守るように主張した者達がことごとく遠ざけられてしまったのだから」

「ゆえに今上《きんじょう》の立坊が決まったときは、ほとんど反対意見は出ませんでしたな」

「まあしかたなきことじゃ。逆縁で悲嘆にくれている主上《おかみ》に滅多なことを申せば、逆鱗《げきりん》に触れかねませんでしたから」

先帝の専横ぶりが如実《にょじつ》に表れた昔話である。しかし生前にどれほどの権力を誇っていようと、死人となればなにもできない。生前にはけしてできなかった愚痴《ぐち》や批判を、生者達はここぞとばかり軽やかに語りつづける。

御簾内で耳を澄ましていた伊子は、先帝に対する朝臣達の反発をあらためて思い知らされる。出仕をはじめて一年にもならぬ身では、話では聞いても空気を肌で感じたことがなかった。

しかし帝はちがう。

祖父の強引な手法を目《ま》の当たりにして育った彼は、その下で虐《しいた》げられた者達の存在を知っている。だからこそ同じ轍《てつ》を踏まぬように自制してきた。思慮《しりょ》深く、人を思いやり、まるで竈《かまど》の煙が立たぬことから民草《たみくさ》の困窮《こんきゅう》を察し、租税《そぜい》と賦役を免除した聖帝《ひじりのみかど》（仁徳《にんとく》天皇）のように振る舞っていた。

なれば先帝と自分は別人と割り切れれば良いのだが、周りはもちろん当人もその絆《きずな》を断ち切れないでいる。それはそうだ。そもそも皇位が血を根拠にして継承されるものなのだから、どうしたって父祖と無関係になれるはずがないのだ。

奥底から突き上げるように冷ややかな思いがこみあげ、伊子は冷笑が漏《も》れそうになるのを堪《こら》えた。

女が産みつづけて繋《つな》いだ血に『父祖』という言葉をあて、なんの疑いもなく自分の子供であると信じられる男達をひどくおめでたい存在に感じた。

いっそ女宮もそう嘲笑《あざわら》ってやればよかったのに。男からみた血筋とは、実はなんの保障もない口約束のみによって成り立っているものであると。あるいはほとんどの女は貞淑《ていしゅく》であろうという、男達の願望によるものに過ぎないのだと。

内親王という女に産まれたゆえに世を憤《いきどお》っているはずの女宮《おんなみや》が、父祖の系譜を取り戻そうとあそこまでの策略を巡らせて躍起《やっき》になっている姿は、本人がその矛盾《むじゅん》に気付いていないだけに痛ましくさえある。

やがて四方拝《しほうはい》の終了の旨《むね》が告げられた。

拝礼所から出てきた帝が筵道を戻ってくる姿を見て、伊子は女房に命じて御簾を上げさせた。入御した帝の顔は、一年に一度の重役を果たし終えたからか出御前より少しだけ和《やわ》らいでいるように見えた。

その姿は伊子の目に、女宮の鬱屈以上に痛ましく映った。

この君をお支えしなければという忠誠心と、結果的に一度は辞官を希望した形になった者がなにを白々しいという自責の念。矛盾したこのふたつの思いが、距離をきちんと取って同時に存在していることが、伊子は自分でも不思議でならなかった。

歯固《はがため》、屠蘇《とそ》、小朝拝《こちょうばい》、節会と元旦の儀式はつづき、伊子は仕事に忙殺された。結局帝になにも尋ねることができないまま一日が過ぎてしまった。

父・顕充から呼ばれたのは、夜もすっかり更けた頃であった。

これまでなにかにつけて娘の局《つぼね》に足を運んでいた顕充が、今回にかぎっては桐壺にある自分の直盧《じきろ》に来るように女房に言ってきたのである。

伊子は千草を伴《ともな》って、桐壺に足を伸ばした。

「もう、こんな暗くなっていたのね」

渡殿《わたどの》に出て、外の暗さにあらためて驚く。軒端《のきば》のむこうに広がる夜空には、玻璃《はり》の破片を散らしたように星がきらめいていた。

「なんだか大祓《おおはらえ》から十日ぐらいたっている気がしますね」

独り言のように千草が言った。二人とも追儺騒動からほとんど休んでいない。伊子にとって生まれてはじめての徹夜である。庚申《かのえさる》の日（忌《い》み日とされ、終夜起きている習慣があった）はあるが、あれは夜が明けたら休むことができた。それに歌合わせに碁《ご》や双六《すごろく》等遊《ゆう》戯《ぎ》をして過ごしていたから、一日中動き回っていた今回とは勝手がちがう。晦日《みそか》の朝から元旦の夜まで、丸二日とはいわないがそれに近いぐらいは起きている。そう数字で考えると不思議なのだが、えらいものでいまのところ疲れは感じずに動けている。

（あとから、絶対に反動が来るけどね……）

覚悟はしているが、おそらくこれまでの中で最大限のものになるだろう。

顕充の直盧は桐壺の南廂《みなみひさし》にある。妻戸《つまど》に掛け金はかかっていなかったが、念のために千草が一声かけて中に入る。

廂を進むと、几帳《きちよう》の帷《とばり》に顕充と思《おぼ》しき黒の束帯姿が影絵のように透けて映っていた。内側に置いた大殿油《おおとのあぶら》が彼の姿を照らし出したのだろう。裾《すそ》を引いて近づくと、伊子は几帳の手前に座った。

「大君《おおいきみ》、参ったか」

伊子が几帳のほころび（のぞき穴）に顔を寄せたのと、顕充が振り返ったのは同時だった。そして父の身体《からだ》の陰から、濃き紫の束帯を着た嵩那が姿を見せた。

「宮様……」

「わしがお呼びしたのじゃ」

顕充が伊子と嵩那、二人を交互に見ながら言った。伊子はほころびに手をかけ困惑したまま奥を眺めていた。

結婚の承諾《しようだく》はすでに得ているが、三人で顔をあわせるのははじめてだった。そもそも顕充が二人の関係を女宮から知らされて十日余しか経っていない。

顕充は伊子を見たあと、嵩那にと視線を動かした。

「宮様。単刀直入《たんとうちょくにゅう》に申しましょう。娘との結婚をしばらくお待ちいただけませぬか」

伊子はあまり驚かなかった。いや、ある意味で驚いた。実は結婚は諦めてくれと言われる可能性も考えていたのだ。

伊子の結婚話を伝えたことで、帝が著《いちじる》しく気分を害した。それは覚悟していると当初より顕充は言っていたが、それでも帝の拒絶は想像以上に強固だった。なにしろ勅命《ちょくめい》を下してまで、伊子の辞官を禁止したのだ。顕充の気持ちが変わっても不思議ではない。

嵩那も同じ気持ちだったのだろうか。彼は気を悪くしたふうもなく、ひどく意外そうに聞き返した。

「それで宜しいのですか?」

無かったことに、ではなく延期で良いのかという意味だ。了承するか否《いな》かは別として、そう言われる覚悟は嵩那もしていたようだ。

顕充はゆっくりと首肯《しゅこう》し、話をつづけた。

「畏《おそ》れ多き話ではございまするが、主上はわが娘を大変に頼みとしてくださっておられます。もちろん臣下とはいずれ骸骨《がいこつ》を乞《こ》うもの。なれど追儺の、あのような騒動が起きた直後の辞官は、主上にとってあまりにも酷な話だと思うのです」

延期の提案はあくまでも帝の現状を慮《おもんぱか》ってのことで、このままなし崩しに破談にしようという魂胆《こんたん》は顕充にはないようだった。そもそものような打算的なことなど、欠片《かけら》も考えたことはないのだろう。

いまさらながら父親の忠義と善良さに感動する。

「大臣《おとど》の仰《おお》せに従いましょう」

あんのじょう、あっさりと嵩那は了承した。驚きはしなかった。年末に彼の口から「間が悪かったやもしれませぬ」という言葉を聞いていたからだ。

そんなことを知るよしもない顕充は、大いに恐縮した。

「宮様にかような願いをききいれて戴《いただ》き、まことにかたじけない」

いえ、と嵩那は首を横に振った。

「追儺の騒ぎを考えれば、大臣の懸念《けねん》は真っ当なものでありましょう」

顕充が伊子の結婚を帝に打診したのは追儺の前であった。あのときも楽観視できる状況ではなかったが、それでも影響は当事者の間にかぎられていた。

しかし追儺があのような騒動となり、人々は先帝への不満と皇統への不信を強めた。この状況で顕充が嵩那を婿に迎えたとなれば、人々はとうぜん方相氏《ほうそうし》の主張と関連させるだろう。

一連の騒動の結果、三人が出した認識は共通していた。

あらゆる面から考えて、いまは結婚を押し切る時期ではない。

大殿油の炎が揺れ、じりじりと灯芯の焦げる音が低く響く。ふと思いついたように嵩那が切りだした。

「そういえば、方相氏を務めた平尉の次男ですが――」

伊子と顕充。どちらに対しても取れるような物言いであった。

もはや物《もの》の怪《け》の仕業《しわざ》であると決められかけている方相氏の奇行に、実は女宮がかかわっているのではと疑った伊子が、平次の背景を調べてくれるよう嵩那に頼んだのは昨日のことだった。

「評判通り品行方正な若者で、これといって疑わしいところはありませんでした。誰かから脅迫されるような要素もなさそうです。ひょっとして右大臣の立場を悪くする為、新大《しんだい》納言《なごん》がなにか仕掛けたのではとも考えたのですが……」

顕充が同席しているから伏せているが、嵩那が本当に言いたいのはもちろん女宮の名である。五節舞《ごせちまい》の援助を切っ掛けに、女宮と新大納言は親しい関係にある。新大納言がかかわっていたなら、その背景にはおそらく女宮がいる。踏歌の妓女《ぎじょ》献上の要請で、その疑念はさらに強くなった。

しかし平次は主家である右大臣を裏切るような人間ではなく、かといって脅迫されてしかたがなくということもなかったのだという。

「その件にかんしては、わしも息子から聞きました」

「別当殿から？」

「げに。平尉の息子に聞き取りを行ったそうです。本人は自分の失態だとだいぶん悔《く》やんでおるようですが、いかんせんそのときの記憶がまったくないというのでは責めようもありません。周りは物の怪のせいだから仕方がないと同情的で、いまのところ彼の罪を問うべきだという声はあがっておりませぬ」

そうやってなんでも怪異の所為《せい》にして片付けてしまうのが、宮中での無難な始末のつけ方だった。謀反《むほん》などの国を揺るがすほどの重大事件でもないかぎり、身分が高い者の罪は握りつぶされてしまうのだから、事件にするよりもお茶を濁す習慣のほうが染み付いてしまっているのだ。平次は忖度《そんたく》を要する身分ではないが、事件の不可解さに加えて名があがった人物達の高貴さにも臆しているのだろう。

「そもそも高陽院《かやのいん》の遺訓が出た段階で、あのような若者が自分の意思で口にしたなどと誰も考えておらぬであろう。何十年も前に身罷《みまか》られた御方で、いまではそのご尊顔《そんがん》を記憶している者すら数えるほどでありましょう」

この言い分だけを聞くと、顕充も怪異で片付けているように受け取れる。

どう受け止めたのか、何気ないように嵩那が問うた。

「左《さ》の大臣《おとど》は、祖父院のことをご存じですか？」

顕充は「いやいや」と苦笑交じりに首を横に振った。

「四十年程前の話ですからな。わしは元服《げんぷく》を済ませたばかりで冠位も低く、帝にお目通りが叶うなど思いもよらぬ立場でありました。いま御所に出入りをしている中で院と面識がある者といえば、弾上宮《だんじょうのみや》様と真言院《しんごんいん》の治然律師《りっし》ぐらいではないのでしょうか」

弾上宮は嵩那の叔父で、今上《きんじょう》には大伯父にあたる最年長の親王である。高陽院にとっては息子である。

ちなみに高齢の官吏《かんり》は官僧も含めて幾人か在籍しているが、四十年前にすでにある程度の地位になければ帝の傍には上がれない。現在は治然の上役にあたる僧正《そうじょう》と僧都《そうず》も、四十年前はせいぜい一官僧に過ぎなかったから面識があるはずもない。対して治然は先帝の東《とう》宮《ぐう》時代に学士を務めた経歴の持ち主である。父親が息子の教育係と面識があっても不思議ではない。

顕充は昔を懐かしむように、しみじみと言った。

「あのような事態となり一時は絶縁するかとも危ぶんだのですが、治然律師もよく耐えられたものだ」

伊子ははっとする。引っかかったのは嵩那も同じであったらしい。彼は顕充の言葉を訝《いぶか》しげに繰り返した。

「あのような事態？」

「おや、ご存じではなかったのですか。然《さ》もありなん。もう三十年近く前の話になりますからのう」

そのとき伊子の脳裏に、昨日の方相氏の姿が思い浮かんだ。

黄金四つ目の仮面に、玄衣《くろぎぬ》と朱裳《あかも》の装束。頭には蔓《かずら》をつけて――誰も平次の素顔を見ていない。方相氏とはそういうものだから、疑う者などいるはずもない。

そうだ。もしも別人にすりかわっていたとしても、あの装束では気付くはずもない。

頭の中でなにかが音をたててひっくり返り、伊子は息を呑《の》んだ。

「治然律師は先の東宮の立坊《りつぼう》にかんして筋が通らぬと主張し、先帝の勘気をこうむって出《しゅっ》家《け》に追いこまれたのですよ」

芥子《けし》の薫《かお》りが残る装束と面を突きつけると、治然はあっさりと己の罪を認めた。追儺《ついな》の夜の方相氏は、仮面と装束をつけた自分であったと。

犯人を彼に絞るのは簡単だった。

通常、背を高く見せる術《すべ》はいくらでもあると言われている。しかし今年の方相氏が、下駄《げた》も含めて通年の装いをしていたのは皆が見ていた。つまりまちがいなく長尺な者が務めていたのだ。だからこそあれが平次であると、誰一人疑わなかったのである。

数多《あまた》いる官吏の中でも、上背《うわぜい》が六尺を超える者などそういない。そのうちの一人は左近衛大将だが、あのとき彼は間違いなく簀子《すのこ》に在席していた。そもそも左近衛大将にそんなことをする動機がない。

しかし治然には、それがあった。

先の東宮立坊にかんして先々帝の親王から選ぶのが筋だと先帝を諫《いさ》めたことで、彼は出家を強要される結果となった。

いかにも先帝らしい理不尽極まりない処分である。高陽院の遺訓がなくとも、経緯を考えれば治然の諫言《かんげん》は正しいものだった。東宮時代の教育係という立場からしても、先帝に正しい道を説《と》くのは治然の義務であった。

彼は己の責務と良心に従ったに過ぎない。にもかかわらず勘気をこうむっただけならまだしも、働き盛りの年齢で望まぬ出家を強要されてしまったのだ。

その経緯を、顕充はあたかも昔話のように穏やかに語っていたが、伊子の脳裏にはすぐに治然への疑念が浮かんだ。そして父親の直廬《じきろ》を出てすぐ嵩那にそれを訴えたのだ。

そこから先は早かった。弟・実顕に請うて、日華門前に脱ぎ散らかされていたという装束や仮面を取り寄せ、わずかに残る芥子の薫りを確認した。時間的な理由で薫りが消えている可能性もあったので、そのときはこちらで焚《た》きしめるかどうかして鎌をかけてやるつもりだった。

そうして詰問の手段を練《ね》り、治然を承香殿に呼びだしたのは暁闇もそろそろ明けようかという刻限であった。千草は顕充の直廬を出た段階でさすがに下がらせた。いよいよ本格的に丸二日の徹夜が見えてきたからである。

大晦日《おおみそか》ですでに官位を返上している彼であったが、事後の手続き等でまだ真言院に留まっていたのは、伊子達にとっては幸いだった。

嵩那と治然はむきあって座り、伊子は嵩那の隣に几帳《きちょう》を置いて座った。日頃は円くなっている背筋をしゃんと伸ばした治然の姿は、威風堂々《いふうどうどう》としてとんでもない巨人に見えた。

「宮様のご推察の通りです。確かに天竺《てんじく》から取り寄せたという麻《あさ》を焚きました」

開き直ったのか、あるいは自分の正当性を確信しているのか、治然からはまったく悪びれた様子が見られなかった。

嵩那は声を荒げることはなかったが、その眉間《みけん》には怒りからの皺《しわ》がくっきりと刻まれていた。

「それを取り寄せたのは叔母上《おばうえ》か？」

「さようでございます」

あんのじょうだった。嵩那から話を聞いたときは絵空事としか思えなかった、人を錯乱《さくらん》させる『麻』はやはり実在していた。

伊子は几帳の陰から問いかけた。

「麻にかんしての知識は、上人《しょうにん》が女宮様に提供したのですか？」

「はい。書物で以前より知っておりました。まさか宮様もご存じだったとは思いもしませんでした」

そこで治然はひょいと肩をすくめて見せた。とたん身体《からだ》の力が緩み、いつものように背中が円くなった。

まるで学識を誉めるかのような物言いに、嵩那はさらに不機嫌の色を募らせてゆく。だいぶ頭に血が上ってきている。それを危惧《きぐ》した伊子は、ほころびから手を伸ばして嵩那の袖《そで》を軽く引いた。はっとしてこちらを見る嵩那に、目配せをしてから伊子は口を開く。

「平尉の息子は共犯なのですか？」

あるいは事件の本質ではないかもしれぬが、単純な疑問ではあった。

「いいえ。あの者はなにも存じませぬ」

治然の答えに、そうだろうと伊子は納得した。

平次が共犯なら、わざわざ治然が彼にすりかわる必要はない。先帝達の諱《いみな》や諡号《しごう》も含めて、言うべき台詞《せりふ》を平次に覚えさせればよいのだ。

なんらかの方法で平次の意識を奪い、治然は方相氏《ほうそうし》にすりかわった。声は仮面でくぐもっていたし、南庭《だんてい》にいた者達は麻の煙の影響を受けて声の違いを判断ができる状況ではなかった。簀子にいた公卿《くぎょう》達にいたっては、最初から一大舎人《おおどねり》の声質など知るはずもない。右大臣とて平尉本人ならともかく、その次男坊の声などはっきりと認識してはいなかっただろう。

人々の注意が南庭での騒動に向いている中、意識を失った平次の身体を日華門前に転がしておく。そうして飛び出してきた治然が、脱ぎ捨てた方相氏の装束を平次の周りに散らしておいた。

平次が気を失わせられたのは、方相氏の衣装を着る前だろう。意識のない人間の衣装を脱がせるなど、子供や小柄な女人ならともかく、六尺を超える大柄な青年相手に容易にできることではない。

同じ理由で彼に装束を着せることはしなかった。錯乱した本人が脱ぎ捨てたとすれば、さらなる演出になるし手間も省《はぶ》けるから一石二鳥である。もっとも意識のない平次の身体をいったんどこかに隠して日華門前まで運んだのだから、そうとうの人手は使っているはずだ。いずれにしろ平次にとっては、とばっちりも甚《はなは》だしい迷惑千万な話である。

しばらく黙っていた嵩那が、ふたたび口を開く。

「話を持ちかけたのは叔母上か？　それともそなたなのか？」

「女宮様です。拙僧《せっそう》のみならず他にも多数の同士を見つけているようです。なにしろ先帝のやり方に不満を持っていた者は星の数ですからね」

「それは先帝の問題であって、今上《きんじょう》の責任ではない！」

ついに嵩那は声を荒げた。しかし治然はひるまなかった。

「もちろん存じております。今上は非常に優れた資質をお持ちの若者で、このまま順調に経験を重ねられれば、いずれ名君として後世に名を残される方にちがいありません。かの君は祖父君の剛健さと父君の弁知の双方を兼ね備えておられます」

父子二代に渡って教育係を務めただけあって、特に最後の言葉には確固たる自信がみなぎっていた。だからこそ現実の治然の行動との矛盾《むじゅん》に合点《がてん》がいかず、伊子は几帳に詰め寄った。

「ならばなぜ、主上《おかみ》を追いつめるような真似《まね》を!?」

「主上がいまのお立場にあること自体、義に沿わぬものだからです」

断固として告げられた本意に、伊子も嵩那も絶句する。

確かに義には沿わない。それどころか考にも背いている。だがそれはあくまでも先帝の悪行だ。なんの非もない今上に非難の矛先《ほこさき》を向けるなど理解しがたい発想だった。

嵩那は一度吸った息を、ゆっくりと吐き出した。

「今上と先帝は、別の存在だと割り切ることはできないのか？」

「存在の根拠を血に頼るのであれば、祖先の行いからは逃れられませぬ」

以前ちらりと伊子が思ったことと似た理屈を治然は言った。正論とはとうてい思えなかったが、筋はあるだけにとっさに反論の言葉が出てこない。

淡々と治然はつづける。

「追儺の騒動でお分かりになられたでしょう。臣下達は鬱屈《うっくつ》を抱えております。今上がいかに優れてふるまわれようと、御姿を拝するたびに、彼らは先帝が強行した理不尽な立坊を思いだすでしょう」

強く否定できないことが辛かった。もちろん二十年もすれば、世代交代も進んで臣下達の意識も変わってくるだろう。しかし現状で今上は即位してまだ二年も経っておらず、先帝の理不尽を鮮明に覚えている臣下は大勢いる。その鬱屈はなにが切っ掛けで爆発するか分からない剣呑《けんのん》なものだと、昨夜の追儺で証明された。

あんがい今上にも、かねてより感じる部分があったのかもしれない。彼の年齢にそぐわない徳性は、それらへの緊張感も要因だったのではないだろうか。

なればこそ若輩《じゃくはい》であることと御仏名《おぶつみょう》の夜に倒れたことを考えれば、帝の心身の負担は限界に近づいているのではという危惧《きぐ》があった。

（――!?）

そのとき伊子の頭の中に、これまで思いもよらぬ考えが浮かんだ。

治然はさらにつづけた。

「されど誤解召されぬよう。拙僧は入道の女宮様の策に加担するつもりはありません」

その証言は、きっと嵩那にとって予想外のものだったのだろう。彼は警戒の眼差《まなざ》しを治然にむけた。それはそうだ。嵩那は治然が、先帝に理不尽に退けられた恨みから、女宮と結託して今上を失脚させようと目論《もくろ》んでいるのだと思っていたのだから。

しかし伊子は、合点がいった。そうではない。治然の本当の目的は――。

身体の力がすっと抜け、先ほどまで出なかった声がいともたやすく唇の間を抜けた。

「つまり上人《しょうにん》は、今上のために宮様が東宮位につくことが最善だとおっしゃるのですね」

嵩那はぎょっとなった。その向かい側で治然はうっすらと笑みを浮かべた。言葉などなくても、それが肯定の意を示していることは一目瞭然だった。

しばらくの間、誰も口を開かなかった。だが伊子は承知していた。自分と治然の考えは共通している。嵩那がどうなのかは分からなかった。仮に理解していたとしても、それを受け入れるかどうかは別の問題だ。

治然は静かに語りはじめた。

「先帝の過ちを正せなかったことは、教育係たる拙僧の不徳の致すところ。その弊害《へいがい》が今上に及んでいることは、まことに忍びがたき次第であります。されど先々帝の遺児である宮様が東宮となってくだされば、先帝の怨恨《えんこん》を抱く者達の胸もきっと晴れましょう」

「いい加減にしろ！」

嵩那は怒鳴った。治然の意図を理解したようだ。誰か起きてきやしないかと伊子はひやひやしたが、聞かれたとしたらここはひとまず自分の女房達を信頼するしかない。

「確かに私は主上を敬愛している。されどいかにその御方のためとはいえ、先帝やそなたの失態の尻拭《しりぬぐ》いのためだけに立坊を受けるなどごめん蒙《こうむ》る」

「お逃げになられてはいけません」

挑発するように告げられた治然の一言に、嵩那は眉《まゆ》を吊りあげた。

「逃げる？」

「立坊を受けることは私の尻拭いではなく、元々の宮様の権利であり義務ですよ」

伊子は思わず屋根裏の垂木《たるき》を仰《あお》いだ。

――存在の根拠を血に頼るのであれば、祖先の行いからは逃れられませぬ。

人は木のまたからは生まれない。享有《きょうゆう》するものが大きければ大きいほど、祖先からの戒《いまし》めを無視することは出来なくなる。親王という皇祚《こうそ》に空位を生じさせないための駒《こま》として産まれた嵩那は、本来であればそのことを誰よりも承知しているはずだった。

嵩那は反論の言葉をなくした。彼はしばらくの間、膝の上で手を何度も握りしめることを繰り返し、ようやく声をしぼりだした。

「……そなた、叔母上《おばうえ》の策に加担するつもりはないと申したな」

「げに」

「叔母上の最終的な目的がなんであるか、存じた上でさようなことを申しておるのか？」

「もちろん」

鼻で笑うような物言いだった。

「御仏名での和解の申しこみを皆様が鵜《う》呑《の》みになされたときは、女宮様と直接の面識がない主上は別として、月卿《げっけい》達もずいぶんと人が好くなったものだと感心いたしました」

「ならば、なぜ!?」

女宮の目的は、臣下達を納得させるための名目上の嵩那の立坊ではない。今上に禅譲《ぜんじょう》させ、嵩那を即位させることを目的とした立坊である。それを知ったうえで、なぜ今上側に立つ治然が女宮と共闘したのか。

「先ほども申し上げましたでしょう。宮様には立坊を受ける権利があります」

治然は言った。

「ゆえに首尾よく女宮様が本願を果たされたとしても、宮様が帝位にあることは義に適っております。本意ではありませぬが納得はできましょう。それよりもいまは、主上の危うい状況を改善するほうが優先されるべきと考えた次第です」

つまり女宮が次の段に駒を進めてくることは覚悟の上というわけである。

確かにまともに嵩那の立坊を提案したところで、藤壺女御が懐妊している状況から右大臣が受け入れるはずがない。

しかし先々帝の御霊を鎮めるためとすれば、大方の朝臣達《ちょうしん》は承諾《しょうだく》するだろう。右大臣は多少ごねるかもしれないが、今上より十三歳も年長の嵩那が即位にこぎつける可能性ははてしなく低い。不自然な譲位さえなければ、今上の子が次の帝となるはずだからここは御霊を慰めることを考えよう——そう説得すれば良いことだった。

「今日、明日のうちに、宮様には妓女《ぎじょ》献上にかんして東宮《とうぐう》代行の勅命《ちょくめい》が下るでしょう」

治然のその言葉で、伊子は理解した。帝が女宮からの提案を承知した理由は、嵩那への悪意ではなく、朝臣達の先帝に対する遺恨《いこん》を晴らすためだったのだ。

「なるほど、賢臣だな」

怒りも過ぎたのか、むしろ感心したように嵩那は言った。そして口許《くちもと》を皮肉っぽく歪めて言った。

「先帝も後の世で、そなたのような忠義者が参じることを待ちわびておられるだろう」

「ごめん蒙《こうむ》ります」

嵩那の縁起でもない皮肉を、治然はぴしゃりと跳ねつけた。冷ややかな声音《こわね》の奥に抑えつけられた焦熱のような激しい怒りを感じた。見ると治然の顔は、仮面をかぶせられたように硬く強張《こわば》っていた。

「あのような御方には、二度とお仕え致しません」

伊子はもちろん、誘い水となる軽口を叩いた嵩那もなにも言えなくなった。

治然が先帝を恨んでいることは間違いなかった。真っ当な進言をして出家《しゅつけ》を強《し》いられるという理不尽を受けたのだからあたり前だ。しかし怒りと同時に、東宮博士《とうぐうはかせ》としての自分の鋪導《ほどう》が功を奏しなかったことを痛感させられもしたのだろう。

治然は高ぶる感情を抑えようとするかのように、大きく息を吐いた。

「――拙僧《せつそう》は、自分の不始末に片をつけただけでございます」

目覚めたら、すでに日が暮れかけていた。

のそりと起き上がって御簾《みす》向こうの廂《ひさし》を見ると、格子《こうし》の隙間《すきま》から黄金色の日が差しこんでいる。方角からして西日であることはまちがいなかった。

「やっとお目覚めですか」

几帳《きちよう》越しに千草の声がした。呆《あき》れ半分、感心半分といった声音だった。伊子がなにか応じる前に角盥《つのだらい》を抱えて局《つぼね》の中に入ってくる。

「昼間などけっこう騒がしかったので、塗籠《ぬりごめ》でお休みになられたほうが良かったのではと思ったのですが杞憂《きゆう》でしたね。ぴくりともなさいませんでしたよ」

「いま何時?」

「じきに酉《とり》の刻（十七時）ですよ。お腹が空いていませんか。屠蘇《とそ》どころか朝餉《あさげ》も夕餉《ゆうげ》もお召しあがりにならないで、ずっとお休みだったのですから」

あ然とした。装束を解いて床《とこ》についたのは、空も白みはじめた頃であった。これからみなが動きはじめることを考えても、せいぜい昼ぐらいには起きるだろうと思っていたが、まさか酉の刻とは……半日近く寝ていたことになる。

（二日徹夜したあとだものね）

しかも終始、神経がぱんぱんに張りつめていた。治然が去ったあとも落ちつかない伊子を見て、ひとまず話は明日にしようと告げて嵩那は出て行った。そこから糸が切れたように眠りに落ちた。ここ最近ないほどに頭がすっきりしていて、かえってこの二日間の睡眠不足を痛感させられる。

さすがに今日の出仕はないから、顔を洗ったあとは簡単に身づくろいを済ませる。

正月用に新調した略礼装の小袿《こうちぎ》は、紅緯黄《くれないぬきき》（縦糸が紅、横糸が黄）で織りあげた夕焼けのような色合いの生地に、朱色の糸で唐草を総柄に織りだした織物である。萌葱《あおお》の中陪《なかべ》（表地と裏地の間に挟んだ別色の布）と朱の裏で、於女里《おめり》（袘《ふき》の古称。裏地を表へのぞかせて縁のように見せる仕上げ）仕立てにしている。豪奢《ごうしゃ》ながらも温かみのある配色は着ていて安心する。

頃合を見計らったように、別の女房が刻んだ蒜《ひる》を散らした粥《かゆ》を運んでくる。

空腹を感じていなかったが、野菜の香味に食欲をそそられる。匙《かい》で口に運ぶと空《から》っぽだった胃に染み入り、たちまち平らげてしまう。

「おかわりを持ってきましょうか」

からかうように確認する千草に、伊子は気恥ずかしげにうなずく。ここ数年来、こんな勢いで物を食べたことはない。

「なにもなかった？」

二杯目の粥を半分ほど食べてから、思いついたように伊子は尋ねた。内裏《だいり》のことは勾当内侍《こうとうのないし》がいるから心配していないが、不遜《ふそん》な事態はこちらが起きていようと寝ていようと関係なく起こる。

「特別変わったことは……あ、式部卿宮《しきぶのきょうのみや》様が何度かいらっしゃいました。お目覚めになられたら知らせて欲しいとのことでしたが、お伝えしても大丈夫でしょうか？」

急に現実に引き戻された。

「宮様は、まだご自宅にお戻りではないの？」

「なにか色々あると仰《おお》せで、直盧《じきろ》でお過ごしになられていたようです」

「では、お呼びしてちょうだい」

口をゆすいでほどなくした頃、嵩那がやって来た。

御簾を隔《へだ》てて廂の間に座った彼は「色々お伝えせねばならぬのですが……」と前置いてから、近々のうちに顕充に内覧の宣旨《せんじ》が下るであろうことを告げた。

「内覧ですって？」

伊子は耳を疑った。内覧とは太政官《だじょうかん》から天皇に奏上される公文書を、天皇に先立って内見して政務を代行することである。要するに事実上政権を掌握《しょうあく》する権利である。通常は摂《せっ》政《しょう》・関白《かんぱく》に与えられるが、大臣、例外的に大納言《だいなごん》に与えられたこともあった。

その内覧の権利を、帝が顕充に下すというのだ。伊子の結婚を許可したことで、帝の不興をかったばかりだというのに。

「なぜ、この間合いで？」

「左大臣から結婚の延期を情願されたと、私が主上《おかみ》にお伝えしました」

「!?」

「大臣の深い心遣いに主上はいたく感銘《かんめい》を受けられ、その場でご自身の決定を口になさいました」

「……それで宮様がご存じなのですね」

口では納得したように言ったが、あまりの急展開に思考が追いつかない。

顕充の立場を考えれば、内覧の宣旨自体はけして分不相応ではない。だけどつい最近まで、自分のせいで顕充が帝の機嫌を損ねてしまったと危ぶんでいたのだ。

嵩那はほっと肩の力を抜いた。

「これで私も、胸の痞《つか》えが下りました」

「こうなることを見越して、主上にお伝えになられたのですか？」

「左大臣に対する主上の御気色が少しでも良くなればと考えてのことでしたが、さすがに内覧の宣旨までは予想外でした」

嵩那は苦笑を漏《も》らした。自分達の所為《せい》で顕充が苦境に立たされることはなんとしても避けたい。そもそも帝の気性を考えれば、話を聞いた直後は不機嫌になっても、そのまま忠臣を遠ざけつづけることはけして望んでいないはずだ。

そこで嵩那が、落としどころというか切っ掛けを提示したというわけだ。同じ当事者でもこれを顕充や伊子が伝えていたら、ここまで帝の心をうたなかっただろう。その点で嵩那は適任だった。内覧の宣旨という思った以上の効果には少々臆しているようだが。

「そのついでのように、妓女《ぎじょ》の件を打診されましたよ」

伊子は絶句した。一度安心させてからのこの抜き打ちのような告白は、おそらく嵩那も帝から同じような仕打ちを受けたのだろう。

「面白いものですね。主上に叔母上。お二方とも同じことを私にさせようとして、その目的とするところが微妙にちがうのですから」

もはや開き直ったのか、嵩那の口調は楽し気でさえあった。

嵩那に東宮代理をさせることで、女宮は彼の立坊《りつぼう》の気運を高めようとした。

対して帝は、臣下達の気を鎮《しず》めようとしているのだ。あるいはそれで嵩那の立坊の話が持ち上がっても帝は構わないのだろう。なぜなら治然が言ったように、それよりもいまは自分の危うい状況を改善するほうが優先すべきだと考えているからだ。

「主上もあれで、なかなかしたたかな方です」

などと不遜なことを言いながらも、嵩那の声音はさばさばしたものだった。顕充が不遇をかこつという最大の懸念《けねん》が払拭《ふっしょく》されたことで、妥協案《だきょうあん》として受け入れるつもりになったのかもしれない。

なれば自分も受け入れるしかないと伊子も開き直った。

「妓女はいかにして調達なさいますか？　宮様に心当たりがないようでしたら、私にも多少はつてがございますが」

もちろん単純に妓女の技量だけで見るのなら、内教坊別当《ないきょうぼう》を兼ねる新大納言に伊子が敵《かな》うわけがない。しかし状況が状況だけに、こんなことで借りを作ってはのちのち面倒なことになりかねない。

「ありがとうございます。ですが今回は自分でなんとかします」

にこやかに嵩那は答えた。随分と余裕のある物言いに、伊子はきょとんとする。嵩那が妓女や歌女に精通しているとは思えない。いや、彼は〝なんとかします〟と言ったのだ。

それはけして按《あん》ずるに及ばぬという意味ではない。

本当に大丈夫なのか？　訊こうとした伊子の前で、嵩那はさらりと話題を変えた。

「いずれにしても左《さ》の大臣《おとど》であれば、内覧を受けるにふさわしい方でしょう。右大臣も新大納言も文句は言えますまい」

確かに。抱えている懸念は山ほどあるが、それでももっとも心苦しかったうちのひとつが解決したのは不幸中の幸いだったというべきか。

「よろしゅうございました」

「ですから治然の件は、大君《おおいきみ》から折をみてお父上にご相談ください」

女房達は遠ざけていたが、念のためなのか嵩那は声をひそめた。

治然はすでに都を出ているだろう。いまから追捕すれば捕まえることはできるかもしれないが、そうなると治然と女宮、双方の企《たくら》みを明らかにしなければならない。帝の心情、嵩那の立場を鑑《かんが》みても、短絡的な正義感だけで公表することは控えるべきだと思われた。

幸いにも最大の被害者である平次を責める声はほとんどないという。物《もの》の怪《け》だからしかたがないという事勿《ことなか》れ主義も、理不尽な冤罪《えんざい》を生じさせないためには一役買っているようだった。

ひとまず様子見だ。己の責務と恨みを果たした治然がふたたび出てくることはなさそうだが、女宮がなにをしでかすか分からない。

嵩那が言うように、折を見て顕充に相談をすべきだろう。

「心得ました」

「それともうひとつ」

今度は露骨に忌々《いまいま》しげに嵩那は言った。

「叔母上《おばうえ》が退出なさいました」

伊子は顔をしかめた。

「自分の策略がすべて成功したのを見届けて、意気揚々《ようよう》と御所を出ていきましたよ」

苦々しい敗北感がこみあげる。確かに今回はすべて女宮の目論見《もくろみ》どおりになった。なにかしでかすだろうと身構えていたのに、結局妨げることはできなかったのだ。

「叔母上のことだからなにか仕掛けてくるとは思っていましたが、まったく奇想天外な策略でしたね」

脅威とも感心ともつかぬように嵩那は言う。悔《くや》しいがその点については伊子も同意である。まさか天竺《てんじく》からあのような品を取り寄せるとは、髪の毛一筋ほども考えなかった。

しかし今回の件で、彼女の策略の方向性は明らかになった。

まずは朝臣達《ちょうしん》の先帝への鬱屈《うつくつ》を刺激し、皇統の正当性に対する疑問や不満を明るみに出すことで、嵩那登極《とうきょく》への地ならしをしてゆくつもりなのだろう。

「ええ、敵ながら天晴《あっぱ》れな……」

「御所の女全員に唐菓子《からくだもの》を配って帰ったそうです。これからは頻繁《ひんぱん》に参内《さんだい》するつもりでいるからどうぞお宜《よろ》しくね、ということだそうです」

宣戦布告にしか取れない発言に、かちんとした。策を完遂《かんすい》して上機嫌なのだろうが、この段階で次の宣戦布告をしてくるとは大胆《だいたん》というべきか、それとも――。

あたかも熾《おき》に枯葉をくべたように、心の中にぽっと火が灯った。

「舐《な》められたものですね」

とつぜんの押し殺した伊子の声に、嵩那はびくりと身じろぎをする。

実際のことをいえば、伊子自身は女宮からさほどの実害は受けていない。嵩那との関係を当人達の許可もなしに顕充に伝えたというのはあるが、これ自体は遠からず伊子自身が告げなければならないことだった。そもそも女宮にとっても伊子は、積年の恨みを持つわけでもなく利用できるというだけの相手に過ぎない。

女宮の狙いは、嵩那と帝だ。

彼女が自身の野望を成就《じょうじゅ》すれば、帝が退けられる。逆に失敗すれば、嵩那の立場が危うくなる。つまり成功失敗は関係なく、伊子にとって女宮は、大切な人達を守る為になんとしても抑えこまなければならない相手なのだ。

（上等じゃない！）

袖《そで》の内で伊子は拳に力を込める。

にわかに覇気《はき》をにじませた伊子に、嵩那はなにが起きたのかというように問いかける。

「あの、大君？」

「女宮様は私のことを、小娘だと舐めておいでやもしれませぬ」

年明けて三十三歳となった女に小娘というのは一般的ではない。

「……小娘？」

あんのじょう嵩那はそこに引っかかったようだが、完全に伊子は無視した。古希《こき》に近い女宮からすれば、三十三歳などそんなものかもしれぬではないか。

だが世間的に小娘などではなく、立派な年増《としま》である。

腹を括《くく》り、決然と伊子は言った。

「されどこちらとて、ただ手をこまねいて待つだけなどいたしませぬ」

第二話

人としての芯さえあれば

弘徽殿《こきでん》の王女御《おうのにょうご》こと茈子女王《さいこにょおう》の遊び相手として、新大納言《しんだいなごん》の二の姫、齢《よわい》十二歳の藤原《ふじわらの》玖珠子《くすこ》が参内《さんだい》したのは、一月八日の女叙位《にょじょい》も終わって後宮での正月行事が一段落ついた頃だった。

高貴な姫が行儀見習いや将来の入内《じゅだい》を踏まえ、参内することはままある話である。しかしなぜ入内予定の一の姫ではなく二の姫なのかと首を傾《かし》げる伊子《かのこ》に、千草《ちぐさ》は呆《あき》れたように言った。

「だって王女御様と新大納言の大君《おおいきみ》（一の姫）は、来月から恋敵《こいがたき》になるんですよ。はじめまして、お宜しくね。どうぞ仲良くしてくださいね。なんて猿芝居ができるわけがないじゃないですか」

なるほど。もっともな指摘である。しかし当事者の一人である茈子が今年九歳と妃としての自覚すらない幼さなので、恋敵という大人びた単語がどうにもしっくりこない。ちなみになぜそのように幼い姫が早くから入内しているのかというと、ひとえに彼女の後ろ盾のはかなさゆえであった。

茈子は先の兵部卿宮《ひょうぶのきょうのみや》の娘で嵩那《たかふゆ》の姪《めい》、つまり先々帝の孫となる女王《にょおう》である。両親を早くに亡くして頼る者もないこの童女を、当時東宮《とうぐう》であった今上《きんじょう》の女御にと決めたのは先帝だった。東宮妃となれば後ろ盾がないことで肩身の狭い思いはしても、少なくとも路頭に迷う心配はない。してみると先帝にも一応、先々帝の系譜に連なる皇親への罪悪感があったとみえる。兵部卿宮は嵩那の異母兄で、先々帝の第三親王だった。

そこに女房がやってきて、玖珠子からの遣いが挨拶《あいさつ》に来たことを告げた。

入内や宮仕えではない、たかだか遊び相手が挨拶など大袈裟《おおげさ》な気もするが、十七日の射《じゃ》礼《らい》まで数日間御所に留まると聞いているから、たがいに面識を持っていたほうがなにかあったときは都合がよい。

「お通ししてちょうだい」

ほどなくして入ってきた女房は、非常に印象のよい佳人《かじん》であった。

年のころは二十代半ばほどであろうか。清潔感のある艶《あで》やかな美貌《びぼう》は一重《ひとえ》咲《さ》きの白木槿《しろむくげ》を連想させる。浅緑と薄色（薄紫）を基調にした軽快な彩りの唐衣裳《からぎぬも》。切れ長の目は烏鷺《うろ》のように黒白がはっきりとしており、濁りのない白目には敏活さと清潔さがにじみ、澄んだ黒瞳《こくとう》は人好きのする愛嬌《あいきょう》に満ちていた。

「中《なか》の君《きみ》様より、尚侍《ないしのかみ》様にご挨拶を申しあげます」

伊子の少し手前で、女房は三つ指をついた。しゃべり方ははきはきとしているが、声質はしっとりとして情感がある。容姿も気立ても、これはかなり優秀な女房であることが推し量れる。ちなみに中の君とは貴人の次女を指すので、この場合は玖珠子のことである。

伊子はひと目見ただけで、この女房に好感を持った。

「ご苦労様でした。同じ年頃の姫君が参内なさるとお聞きになられて、王女御様は殊《こと》の外《ほか》楽しみにしていらっしゃいます。中の君様のほうが三つお姉さまになられますので、どうぞよろしくお願いしますとお伝えくださいな」

「承知致しました」

話が一段落すると、彼女は仕切りとして置いた几帳《きちょう》にと視線を動かした。美しいその顔には、伊子に対する形式的なものとはちがう芯からの笑みが浮かんでいる。

几帳の陰からいざり出てきたのは、二十八歳の小宰相内侍《こさいしょうないし》。勾当内侍《こうとうのないし》の直近の後継候補として、心身ともに脂《あぶら》が乗った有能女官だ。気の強さからちょいちょい他人とぶつかるのが玉に瑕《きず》だが、てきぱきとした働きぶりに伊子は好感を持っていた。

小宰相は驚きに目を瞬かせた。

「まあ、あなた弁《べん》の君なの？」

「そうよ。四年ぶりかしら、懐かしいわ」

二人は膝を寄せ合い、たがいの指を絡めあっている。弁というのが、この女房の候名《さぶらいな》のようだ。そしてどうも小宰相とは知り合いであるらしい。よく見てみれば台盤所《ここ》に控える内裏《だいり》女房達の何人かは「あら!?」とばかりに驚いた顔をしている。

「弁の君」

伊子の呼びかけに、彼女はくるりと向き直った。子供のようにはしゃいだ姿を見せて気恥ずかしくなったのか、色白の頬《ほお》がほんのりと赤く染まっている。敏活な印象からはかけ離れたその姿が、同性から見てもなんとも可愛《かわい》らしい。

「申しわけありません。はしたない姿をお見せしてしまいました」

「かまいませんよ。それよりもあなたは、ここの者達と知り合いなのですか？」

「弁の君は私の僚友でございました」

応えたのは小宰相だった。積極的な彼女には珍しくないふるまいだが、久々に再会した美しい友人を誇る気持ちが強くにじみ出ていた。僚友——つまり弁は以前宮仕えをしていたというわけだ。

「はい。四年ほど前にこちらを退出いたしましたが、いまは縁あって新大納言様の中の君様にお仕えしております」

「そうでしたか」

よほど懐かしいとみえ、弁と小宰相はしきりに目配せを交わしている。

美貌と愛嬌を兼ね備えた、まことに優れた女房である。宮仕えをしているときは、さぞ公達《きんだち》の話題をさらったことであろう。

久しぶりの再会だからと、小宰相は弁を送っていった。中の君の御座所《おましどころ》は麗景殿《れいけいでん》に設《しつら》えている。女宮《おんなみや》も同じ場所だったが、そこは承香殿《しょうきょうでん》前が通路になっているので、客人に対してなにかと目が行き届きやすいのだ。

二人が出て行ったあと、別の女房が遠慮《えんりょ》がちに言った。

「弁の君って、確か結婚して御所を下がったんじゃなかった？」

「そうよ、藤少納言《とうのしょうなごん》様と。けっこう突然だったから、驚いたのを覚えているわ」

席を外した人物の噂話《うわさばなし》は常のことだが、いまのところ悪口を言っているわけではないから聞かないふりをする。

それにしても少納言の妻が女房勤めとは珍しい。もともと勤めていて結婚後も継続するというのなら珍しくもないが、話を聞いたかぎりは一度家庭に入ったあとで勤めを再開しているようである。

従五位《じゅごい》下の少納言という地位は公卿《くぎょう》ではないが、殿上《てんじょう》の資格を持つ上級貴族である。ならば糧《かて》に困ってということもないだろうから、新大納言家に乞《こ》われたのか、本人が働きたくなったのか、あるいは夫婦が疎遠《そえん》になっているのか——などなど勝手な想像をする伊子の耳に、女房達の他愛《たわい》もないおしゃべりが飛び込んできた。

「そうそう。弁の君は絶対に式部卿宮《しきぶのきょうのみや》様と結婚すると思っていたものね」

「姫様、気にすることなんてないですよ！」

「気になどしていないわ」

清涼殿《せいりょうでん》から承香殿に戻るさいの渡殿《わたどの》で、千草の彼女らしくもない気遣いに伊子はむっつりとして返した。

宮仕えをしていたとき、弁は嵩那と恋仲にあった。当時は二十六歳と二十三歳の花の盛りの美男美女。ともに朗《ほが》らかで聡明。誰もが羨《うらや》む宮中の花同士の恋愛であったと、古株の女房達はうっとりとして語る。

伊子と嵩那が十年以上前に恋仲であったこと、そしていままた恋仲となったことなど彼女達はまったく知らない。だから唯一知っている千草は、さぞはらはらして聞いていたにちがいない。

その鬱憤《うっぷん》を晴らすかのような勢いで、千草はしゃべりまくる。

「いやあ、天晴《あっぱ》れですね。機転が利《き》くちょうどよい美女って、男から女からも好かれますもの。さぞ競争率が高かったでしょうに、あの和歌の才で彼女を仕留めるとはさすが式部卿宮様です。和歌の才がなくても、顔と性格と身分があればなんとかなるものですね」

毀誉褒貶《きよほうへん》、いややはり貶《けな》しているのだろう。伊子個人の見解を言えば、和歌は代筆でなんとかなるが、顔と身分は本人の努力ではどうにもならない。

「宮様は、奏楽《そうがく》も弓も四道（文章《もんじょう》・明経《みょうぎょう》・明法《みょうぼう》・算道《さんどう》）にも秀でておられるわよ」

「そうですよね。さすが式部卿の長官を任せられるだけあって、まことに申し分のない秀才ぶりです。だというのに、なぜ和歌だけがあのようにひどいのでしょう」

なんの遠慮もなく、ひどいと千草は言い切った。とはいえその点は伊子もまったく同意ではある。他はなんの欠点もないのに、なにゆえ和歌だけがああも独特なのか。

しかし考えようによっては、あれで和歌にまで長《た》けていたら鼻持ちならない男になっていた気がしないでもない。もっとも嵩那には自分の和歌の独創が過ぎる自覚がないから、劣等感にはなっていないようだけれども。

「その宮様のあとが藤少納言ですか。確かに結婚と恋愛は別ですけど、あの臈長《ろうた》けた弁の君とはちょっと釣りあわない気もしますね」

周りに人がいないのを幸いとばかりに、言いにくいことをはっきりと千草は言う。伊子のほうも一応は「失礼よ」などとたしなめはしたが、内心では同感であった。

御所で時折見かける藤少納言は、三十後半のあまり風采《ふうさい》の上がらない男だった。ちなみにいままさに開催中の県召除目《あがためしのじもく》（諸国の国司《こくし》を任命する儀式）で、どこかの国司に任命されるのではと噂されている。少納言という一応太政官《だじょうかん》に名を連ねてはいるが、彼の家格からして出世はこのあたりで打ち止めだろうし、それを凌駕《りょうが》するほどの才もない。ならば実入りのよい国司をと本人が希望したと聞いている。

地位や年齢を鑑《かんが》みれば、一般的な婿として悪くはない。それでも弁の君のように非の打ち所のない女人《にょにん》ならばもう少し……という気にはなる。

「外見のつりあいだけではなく、男としての格も式部卿宮様と比べてもずいぶんと下がりますしね」

失礼極まりない千草の数々の発言に、誰かに聞かれやしないかと伊子ははらはらして周りを見渡す。

「どうかしら。ああみえて藤少納言が、すごく優しい人かもしれないじゃない」

「下臈《わたしども》に対する横柄な態度からは、とてもそうは思えません」

ここぞとばかり不快を露わにして千草は言った。なるほど。ここまでの藤少納言に対する当たりのきつさに合点《がてん》がいった。どうやら左大臣《さだいじん》の娘で上臈たる伊子には見せていない本性が藤少納言にはありそうだ。

「あんがい、弁の君にだけは優しいとか……」

「自分をちやほやする男が他の者には辛辣《しんらつ》に当たっているのを見て、私は愛されているのだと優越感に浸れる女ってそうとうに頭が悪いですよ」

千草の発言に伊子は檜扇《ひおうぎ》の内側で笑いを堪《こら》えた。性格が悪いではなく、頭が悪いというのはなかなか言い得て妙である。もちろん性格も悪いことはまちがいない。

とはいえ初対面の印象では、弁はそんな浅はかな女人とも思えなかった。

本当にあのように優れた女人が、なぜ藤少納言程度の男と夫婦になったのだろう。それこそ余計なお世話でしかないことをつらつらと考えてしまうのは、弁が嵩那の元恋人であったという証言が影響していることは否《いな》めなかった。

「あ」

短く声を上げて千草が足を止めた。つられて足を止めた伊子は目を円くした。

噂をすれば影。渡殿の少し先に、弁が立っていた。その先は麗景殿だが、戻るところか出てきたところかは定かではない。なぜなら彼女は身を屈めるようにして壺庭《つぼにわ》をのぞきこんでいたからだ。早咲きの白梅がほのかに薫《かお》る庭では、緋色《ひいろ》の椿が花を開き、馬酔木《あせび》の木が鐘のような白い小花を鈴なりに咲かせている。

しかし弁が見ていたのは、それらの花卉《かき》ではなかった。彼女の視線の先には、淡縹《うすはなだ》色の小袖《こそで》をつけた端女《はしため》が立っていたのだ。まだ十やそこらといったその少女の顔は、伊子も何度か目にした記憶があった。

「厨女《くりやめ》の阿古夜《あこや》ですわ」

千草が耳打ちをした。

遠巻きにようすをうかがっていると、子供らしく身振り手振りを交えて無邪気に話をする阿古夜に、弁が丁寧《ていねい》に相槌《あいづち》を打ってやっている。

「そう、良かったわ。元気にやっていたのね」

「弁の君様のおかげです。母さんが亡くなったとき、意地悪な奴らからしょっちゅう食事を盗《と》られていたあたしに屯食《とんじき》（握り飯）とかを恵んでくださって。本当に弁の君様がいなかったら、あたしなんて今頃日干しになっていましたよ」

「なにを言っているの。そんなのは最初のうちだけでしょう。あなたは自分で意地悪な者達をこてんぱんにしていたじゃない」

「とうぜんです。いつまでもやられっぱなしじゃありませんから」

「まあ、そのうち検非違使《けびいし》に入れるかもしれないわよ」

胸を張る阿古夜に、弁は身を捩《よ》じらせて笑った。

じわりと胸にこみあげたのは、感嘆《かんたん》と敗北感がない交ぜになったような不思議な感情だった。対面したときには分からなかった、優れた外見や明るい語り口だけではとうてい知りようもない、弁の美質を端的に示したやりとりだった。

「頭は悪くなさそうですね」

千草はぽつりとつぶやいたあと「さすが、宮様が見初《みそ》めただけの方ですね」と珍しく人を誉めた。夫たる藤少納言ではなく嵩那の名をあげたのは、藤少納言に対する嫌悪からだったのかもしれない。

「そうね」

伊子は相槌をうった。悔《くや》しいが、嵩那の目は確かだと思った。

県召除目は、孟春《もうしゅん》の九日から三日間にわたって行われる。

この期間の後宮はさほど忙しくもないのだが、やれ誰が任官を受けた、誰は駄目であったとかの話題で騒々しい。

「聞いた？　女蔵人《にょくろうど》の周防《すおう》の恋人は、出羽《でわ》（現在の山形・秋田県辺りに相当）に赴任《ふにん》ですって」

「でも周防は以前から都を離れるつもりはないと言っていたから、陸奥《むつ》だろうと出羽だろうと関心がないみたいよ」

「まあ、結婚しているわけじゃないからついていく義理もないしね」

「でも彼のほうは、これを機に妻として迎えたかったみたいよ。ほら地方の赴任《ふにん》にはだいたい正室を伴《ともな》うものじゃない」

「いや、いくら正室と言われても出羽はきついわ」

「最初から結婚していて、それからの赴任というのならともかく」

「大和《やまと》や難波《なにわ》ならまだしも、畿内《きない》を出るのはごめん蒙《こうむ》りたいよね」

「んーっ、私は紀伊《きい》・伊勢《いせ》までならなんとか譲歩《じょうほ》するわよ」

「それは物詣《ものもう》でがしたいだけじゃないの？」

終始このような調子である。男が聞いたのならきっと「何様のつもりだ」と怒鳴りたくなる内容だろう。もっとも『源氏物語《げんじものがたり》』の有名な『雨夜の品定め』も同じようなことを言っているので、男女というのはお互いさまだ。

（そういえば、藤少納言の除目はどうなったのかしら？）

ふと伊子は気になった。彼個人にはまったく興味がないが、弁の夫だと知ると、俄然《がぜん》興味がわく。もし藤少納言の地方赴任が決まったら、正妻である弁はやはり一緒に行くのだろうか。

個々の事情にもよるが、地方赴任が決まった男は大体妻を伴う。

国司の中で現地赴任をする最上席の者を受領《ずりょう》と呼ぶ。彼らは赴任先では最高責任者となるから、地方役人とのつきあい等も含め、家を切り盛りする妻が不在ではなにかと勝手が悪いのだ。ゆえになんらかの理由で正妻を伴えない場合は、次妻かあるいは最悪妾《めかけ》を連れてゆくこともある。

あれほど臈長けた女が地方に連れていかれるというのは気の毒だが、しかしそうなったら現地の者達はさぞ魅了されることだろう。都で生まれ育った同性の伊子とて、匂《にお》いたつようなあの垢抜《あかぬ》けた美貌《びぼう》には惹《ひ》きつけられた。

しかし伊子の中でより印象に残っている弁の姿は、よそ行き顔で向かいあった初対面のときではなく、高欄《こうらん》を挟んで厨女の阿古夜と笑い転げているものだった。

魅力的な女人《ひと》だと思った。普通に出会っていればまちがいなく好きになっていた。伊子の身分では気軽に友人などとは言えないが、自分の女房に欲しいというぐらいには考えたかもしれない。

（けど……）

印象の良さを認めておきながら拘《こだわ》っているあたり、狭量だと自分でも思う。嵩那の昔の恋に悋気《りんき》するつもりなどさらさらないが、なんの屈託も抱かないかといえば嘘になってしまうのだ。

昼過ぎに、弘徽殿の茈子から帝《みかど》に文が来た。

いま中の君と雛遊《ひいなあそ》びをしているのだが、新大納言《しんだいなごん》家の雛人形がたいそう素晴らしくぜひとも主上《おかみ》に見ていただきたいという、実に茈子らしい無邪気な誘いであった。もっとも人形と一口にいっても高貴な姫君のそれは、邸や家具の雛形など贅《ぜい》を尽くしたもので大人でも十分鑑賞に堪えるものではあるのだが。

帝は昨日からはじまった御斎会《ごさいえ》（六宗の学僧による講読を行い、国家護持、五穀成就《ごこくじょうじゅ》を祈願した法会）に参加しており、大極殿《だいごくでん》から戻ってきたばかりであった。御斎会は宮中で行われるもっとも大きな法会のひとつだが、女人は参加を許されていないので後宮の業務にはさして影響はない。ちなみに儀式は七日間に渡って執《と》り行われる。

淡紅梅《うすこうばい》色の料紙《りょうし》に記された茈子の拙《つたな》い手蹟《て》に、帝は表情を和《やわ》らげた。

「王女御はあいかわらずだな」

伊子の胸はじわっと熱くなった。なんだか久しぶりに、こんな素直な笑顔を見た気がする。重苦しいことが続く中、茈子の無邪気さは清涼な風のようだ。

帝から料紙を受け取ると、蒔絵《まきえ》で望月と真竹を装飾した硯箱《すずりばこ》に収める。

「それで、いかがなさいますか」

「ああ、行くよ」

「では、そのように連絡いたします。お仕度《したく》のほどを――」

仕度といっても着替えるわけでも剣璽《けんじ》（草薙剣《くさなぎのつるぎ》と八尺瓊勾玉《やさかにのまがたま》）を持って行くわけでもないから、こちらはたいした作業はない。むしろ迎える弘徽殿側のほうが大事だ。

頃合をみて清涼殿を出るが、弘徽殿はもっとも間近な殿舎なのですぐに到着する。

先導役の小宰相《こさいしょう》が妻戸《つまど》を叩くと、内側から戸板が開く。同時に聞き覚えのある茈子のはしゃいだ声が聞こえてきた。

出迎え役の女房は恐縮して頭を下げた。

「騒々しくして申しわけありません」

「かまわぬ。ここは王女御の殿舎だ。主人が騒いだところでなんの粗相《そそう》があろう」

鷹揚《おうよう》に返した帝の眸《ひとみ》に、ふいに悪戯《いたずら》めいた光が宿る。そうして到着を報せに行こうとした女房を阻《はば》んだ。

「黙っていって驚かせてやろう」

日頃の落ちつきぶりからは考えられぬ幼稚な企《たくら》みに、伊子は呆気《あっけ》にとられる。だがその無邪気な表情に安堵《あんど》もする。昨今の状況を考えれば、帝にとって茈子はもっとも安心できる存在なのかもしれない。

気配を消して奥に進むと、御簾《みす》内や几帳《きちょう》の陰に人の気配がただよう。伊子にとっても弘徽殿は、藤壺とちがってかねてより親しくしているから見慣れた光景である。

「では中の君は、姉君とは偏《へん》つぎのほうを？」

「そうなのです。お姉さまは人形遊びのような子供っぽいことは、もうしないとおっしゃるのです」

聞き慣れた茈子の無邪気な声と、それよりもいくらか大人びた少女の声が聞こえる。やりとりからして、中の君——玖珠子の声でまちがいないだろう。

「それではつまらないわね」

「なれど私は分かっています。あれは乳母《めのと》が言わせているに相違ありません。まことのところお姉さまは、人形遊びがしたくてうずうずしているはずです」

玖珠子の話し方は溌剌《はつらつ》として、貴族の姫君としては少し活発すぎるかもしれない。しかしなんといってもまだ十二歳。年を取れば物腰にも自然と重みが増すだろうし、現状ではむしろ打てば響くような反応に好ましさのほうが勝った。

さらに足を進めた伊子達が母屋《もや》に二人の少女の姿を見つけたのと、少女達が廂《ひさし》を見たのは同時だった。

「主上!?」

茈子が歓喜の声をあげると、向かいにいた玖珠子と思《おぼ》しき少女は身を固くしたようだった。小宰相が御簾を巻き上げて、昼御座《ひるのおまし》のようすが鮮明になる。花蝶を描いた衝立《ついたて》に小ぶりで愛らしい調度の数々は、あどけない女主人にふさわしい室礼《しつらい》である。

一枚の畳《たたみ》に二人でむきあって座る少女達は、それぞれが人形を手にしていた。二人の間には人形用の御殿の他に、几帳や屛風《びょうぶ》、二階厨子《にかいずし》等の雛形が並んでいる。どれもが幻術で本物を縮めたのかと思うほどに精緻な細工であった。

男女を問わず子供に共通の濃色《こきいろ》（赤みがかった紫）の小袖《こそで》と袴《はかま》をつけた二人の姫君。その上に羽織《はお》っているのは、茈子が白の表に赤をあわせた桜かさねの細長《ほそなが》。玖珠子は紅梅に濃き蘇芳《すおう》の莟紅梅《つぼみこうばい》のかさねの細長だった。

玖珠子はなかなかの美少女だった。美男である新大納言とも似ているが、父親にはない愛嬌《あいきよう》と親しみやすさがある。身体付《からだつ》きは茈子より一回り大きく、比べるとずいぶんと大人びて見える。子供の年頃と外見は詳しくないが、先日見かけた厨女《くりやめ》の阿古夜もこれくらいの年回りだろう。

「主上、おいでくださったのですね」

茈子は満面の笑みを浮かべ、ぐいっと身を乗り出した。なんの駆け引きもなく相手への好意を惜しげもなくさらす姿は無邪気で微笑《ほほえ》ましい。

いっぽう玖珠子はしばしぽかんとしたあと、うっすらと頰《ほお》を染めて視線を落とした。然《さ》もありなん。これほど優美な少年の姿を目にしたら、たとえ帝という至高の存在でなくとも、普通の少女は物も言えなくなるだろう。

「ごきげんよう。招待に甘えてうかがったよ」

御引直衣《おひきのうし》の裾《すそ》を引きつつ近づいた帝が二人の少女の前に屈みこもうとすると、弘徽殿の女房達が急いで座を設える。

伊子と小宰相は、少し離れた場所に並んで控える。母屋には茈子の乳母の他に、弘徽殿側の女房がもう一人。それに相対するよう、玖珠子の近くには弁と四十歳くらいの女房が控えていた。こちらは年齢的に乳母であろう。骨太な体軀《たいく》と彫りの深い顔立ちはいくぶん男性的だが、濃い化粧《けしよう》が似合う豊麗《ほうれい》な色香の持ち主だった。

帝は牛車《ぎつしや》の雛形を目の位置まで持ち上げ、しげしげと眺めた。物見窓や簾まで精巧に再現した車には、二葉葵《ふたばあおい》の雛形が飾ってある。

「これは立派な意匠《いしよう》だ。中の君のものかい？」

「……は、はい。女御様と葵祭（賀茂祭《かもまつり》）ごっこをしていました。私、去年はじめてお祭を見たのですが、斎院《さいいん》様がとてもおきれいなので驚きました。ですからこのお人形は、斎院様を真似《まね》て作ってもらいました」

帝を前にはじめこそ緊張していた玖珠子だったが、すぐに本来の気質を取り戻したようで潑剌と語りつづける。

「いいなあ、中の君。私はお祭に行ったことがないの」

心底羨《うらや》ましそうに茈子は言った。

「女御は祭を見たことがなかったのか？」

驚いたように帝は言った。茈子は五、六歳で入内《じゅだい》をしているから、確かにそんな機会はなかったかもしれない。叔父である嵩那がなにかれと気を配ってやってはいるが、さすがに帝の女御を葵祭に連れ出すという発想にはならなかっただろう。自身が何度も祭を目にしているだけに、伊子は茈子のことを気の毒に思った。

心なしかしょんぼりとなった茈子に、玖珠子が誘いかける。

「では今年は私とともに参りましょう。女御様をお連れいただくようにお父様にお願いしますから」

「本当に!?」

茈子は顔を輝かせ、帝を見上げる。

「宜《よろ》しいでしょうか、主上」

「もちろん。私のほうこそ気付いてやれずにすまなかった」

そう言って帝は、玖珠子にと視線を動かす。

「ぜひとも王女御を、祭に連れていってやってくれまいか。新大納言には私からも頼んでみよう」

「まことでございますか!?」

　茈子と玖珠子は揃って声を上げ、次いで手を取り合った。

「ありがとう、中の君。どうしよう、いまから卯月《うづき》が待ちきれないわ」

「私もです。本物の斎院様は、このお人形よりずっとお綺麗ですから、女御様もきっと驚かれますわ」

「まあ。斎院様は、賀茂社の御祭神・玉依姫《たまよりびめ》のようにお美しいのかしら？」

　少女達は無邪気に夢を描くが、長年の親友として斎院の本性を知る伊子は思いっきり白けきった。

　もちろん斎院の美貌は否定しないが、彼女は万人が憧れるような女人ではけしてない。横暴で奔放《ほんぽう》で、周りの迷惑など一切顧《かえり》みず傍若無人《ぼうじやくぶじん》にふるまう。下鴨《しもがも》神社の玉依姫命よりは、むしろ上賀茂《かみがも》神社の祭神・別雷命《わけいかずちのみこと》と称したほうがふさわしい人なのだと声を大にして訴えたかった。もっとも色々と文句はあっても、やはり大好きな女友達であることに間違いはない。

　きゃらきゃらと語りあう少女達を前に、おもむろに弁が口を開く
「斎院様のお美しさにかんしては、女御様はご覧にならずとも連想ができるものと存じま

すわ」

茈子と玖珠子ははしゃぐのを止め、二人揃って弁を見上げる。そういえば茈子の入内と弁の宮仕えの期間はかぶるが、年齢を考えれば茈子が彼女を認識していたかどうかは怪しかった。

「私が、どうやって？」

あんのじょう茈子はつぶらな瞳をむけるだけで、弁を懐かしむ気配はない。弁もそんなことは期待していなかったとみえ、なんの屈託もなく答える。

「容易《たやす》きことですわ。斎院様は式部卿《しきぶのきょうの》宮《みや》様と母を同じくする御姉上。同じ人形《ひとがた》とは申しませぬが、お美しさはどちらも引けを取らずでございます。宮様は足しげくこちらにお通いになられているとお聞きしておりますから、そのお姿を参考になさればよろしいのです」

これはまた随分と的外《まとはず》れなことを、と伊子は思った。

確かに姉弟はどちらも人目を惹《ひ》く美形ではあるが、その趣《おもむき》はまったく異なっていた。性別のちがいを考えれば単純に比較するのはやりにくいが、豊麗な斎院の美貌は喩《たと》えるなら百花の王・牡丹《ぼたん》。対して凛《りん》とした中に雅《みやび》やかな色香を漂わせる嵩那は、杜若《かきつばた》かあるいは新緑をまとった楓《かえで》の木だった。双方を知っている立場からすると、嵩那の姿から斎院を想像するのは困難でしかない。

ふと見ると帝も首を傾《かし》げている。彼も二人の顔を知っているから、伊子と同じことを考えているのかもしれない。

「確かに、叔父様はとても美しい殿方《とのがた》だわ」

などと茈子は納得しているが、伊子は、ひょっとして弁は斎院の顔を知らずに憶測でものを言っているのではないだろうかと思った。そう言うと聞こえは悪いが、あの方と近縁なら美しいであろうというのは想像としてはよくあることだ。

いずれにしろ断固として否定しなければならないことでもないし、帝の前で嵩那の名を口に出すのは立場的に憚《はばか》られるので黙っていた。

「女御様の叔父様というのは、先ほど弁が言っていた式部卿宮様のことですか？」

玖珠子の問いに、茈子は得意げにうなずく。

「そうよ。私は大好き。お美しいだけではなく、優しくてとても面白いお方なのよ」

「そうなのですか。私も一度お会いしてみたいです」

「分かったわ。叔父様はよく私のところに来てくださるから、そのときは中の君をお呼びするわ」

「姫様、それよりも」

唐突《とうとつ》に口を挟んだのは弁だった。

「女御様とともども、宮様を麗景殿にご招待してはいかがですか？　姫様の和琴《わごん》もずいぶんと上達なされましたから、これを機にお披露目なされてもよろしいかと」

身を乗り出すようにして語る弁を、隣にいた中年の女房が一瞥《いちべつ》する。睨《にら》みつけるというほどではなかったが、明らかに不快な顔をしていた。

弁の君の提案自体はなかなかの妙案だが、古株の女房からすると〝出しゃばって〟という気持ちにもなるかもしれない。もし彼女が伊子の予想通り玖珠子の乳母《めのと》であれば、そんな反発はより強くなるだろう。

もっともそんな大人の駆け引きなど、茈子にはどこ吹く風だった。

「わあ、中の君は和琴が弾けるのね。私はまだぜんぜん下手なのよ。ぜひ聴かせてちょうだい」

「私だって、そんなにうまくありません」

「でも上手になったのでしょう。叔父様は笛の名手だから、そのときはお願いして合奏してもらいましょうよ」

「宮様は笛も得意なのですか？」

「笛も箏《そう》もお上手よ。お姿もおきれいで、女房達は一番の貴公子だと言っているわ」

茈子の絶賛はつづいたが、玖珠子はなにか途切れたように呆《ほう》けた表情を浮かべた。そうしておもむろに視線を動かして、はす向かいの帝を見る。

凝視どころか直に見られることすら滅多にない帝は、率直な視線に戸惑ったようだった。しかし周りが非礼を咎《とが》める前に、玖珠子は茈子のほうにと向きなおった。

「主上《おかみ》よりもですか？」

「主上は別よ」

間髪《かんはつ》を容《い》れずに茈子は断言した。

「ご覧になれば分かるでしょう。主上はこの世で一番お美しくて、一番賢くて、一番お優しい御方よ」

本人を前にしての玖珠子の問いも照れがないが、それよりも伊子が驚いたのは、間髪を容れない茈子の断言だった。それは無邪気だとばかり思っていたこの少女から出た、はじめて妻の矜持《きょうじ》めいた言葉であった。

しかしこんなことを目の前で言われた帝のほうはたまったものではない。白皙《はくせき》の頰《ほお》がたちまち赤く染まる。

「女御、それはいくらなんでも言い過ぎ――」

「そうですよね。宮様が一番の貴公子だとお聞きしたとき、主上より優れた方がいらっしゃるのかと思いました」

恥ずかし気な帝の謙遜《けんそん》は、玖珠子の快活な声にかき消されてしまった。茈子に比べると比較的年の近い少女からの誉め言葉に帝はますます顔を赤くする。

とつぜん、それまで黙っていた玖珠子のもう一人の女房が口を開いた。

「確かに。女御様のご夫君としては、主上ぐらいの年回りの御方のほうがお話も合ってよろしゅうございますよね」

別に茈子は嵩那を恋愛の対象として語ったわけではないのだが、図らずも帝と嵩那を比較する形になってしまったから、彼女としてもこの場では帝を褒めるしかない。

「まことに女御様が羨《うらや》ましゅうございます。この但馬《たじま》、乳母の身として、中の君様が主上のように優れた背の君との良縁に恵まれることを望むばかりでございますわ」

この女房の名は但馬というらしい。そしてやはり玖珠子の乳母であった。姉姫の入内がほぼ内定しているので、妹姫の乳母としては、その結婚相手には気をもむところがあるのだろう。

ところが但馬のこの発言に、玖珠子は頰を膨らませた。

「いやよ、私はまだ結婚なんてしたくないわ。だって裳着《もぎ》を迎えたら、お姉さまのように人形遊びができなくなってしまうのでしょう」

十二歳にしては少々幼いが、可愛《かわい》らしい不満に伊子達は声をあげて笑った。しかし九つの茈子にとって、それは大事件であったらしい。彼女は真剣な表情で考えこみ、やがて妙案を思いついたとばかりに顔を輝かせた。

「ならば大姫の代わりに中の君が入内なさればよいのよ。そうすれば私と毎日人形遊びができるじゃない」

毬《まり》のようにぽんっと投げこまれた女童《めのわらは》の無邪気な発言に、辺りの空気が強張《こわば》った。

先ほどは帝を讃《たた》えて妻の矜持の片鱗《へんりん》をのぞかせたにみえた茈子だったが、やはり妃としての自覚はまだまだ乏《とぼ》しかった。とうぜん危機感も——。

大姫でも玖珠子でも、入内をすれば茈子の立場を脅かす相手となることに変わりはなかった。まして新大納言《しんだいなごん》のような権勢家の姫君となれば、後ろ盾の乏しい茈子に立ち向かう術《すべ》などあるはずもない。

もともと先帝の罪滅ぼし的な意図での入内だったから、周りも茈子に多くは望んでいない。だとしても楽し気に玖珠子を勧誘するその幼さは、大人の目からするとやはり痛々しかった。

伊子は視線をあわせないよう意識しながら、周りの者達の気配をうかがった。

もっとも複雑な顔をしているのは、やはり弘徽殿の女房達だった。諌《いさ》めたい気持ちはあるのだろうが、茈子の年齢を考えるとあまり生々しい話はできなかった。なにより大姫の妹である玖珠子を前に言うことではない。

弁と但馬は、困惑を押し殺したお愛想笑いを浮かべている。弁からは素直な同情が伝わってきたが、但馬の釣り上げた唇の端には、相手を嘲笑《ちようしよう》するような冷ややかな気配がまといついていた。

清らかな少女達の友情や無邪気さとはかけ離れた、生々しい構図を一時に見せつけられた気がして伊子は彼らから視線をそらした。

帝はどこかぎこちないものの、茈子の無邪気さにあわせるよう笑みを浮かべている。それが正解だろうと、伊子も帝にならおうとしたときだった。

「それは楽しそうですね」

玖珠子のはずんだ声は、重苦しい空気の中でひどく不自然に響いた。きょとんとする女房達を無視し、玖珠子は上目遣いに帝を見る。

「主上は私とお姉さまの、どちらが良いですか？」

「え？」

唐突に振られたとんでもない問いに、帝は目をぱちくりさせる。他人でも私とあの娘のどちらが良いなどと答えにくい問いなのに、姉妹のどちらかを選べなどとそうとうどぎつい質問である。そもそも帝は姉の大姫のほうは知らないだろう。答えに窮《きゆう》する帝に、玖珠子はくっと喉《のど》の奥を鳴らして笑った。

「ほら、女御様。主上がお困りですわ」

そう言って茈子をやんわりと諫めると、玖珠子はふたたび帝にと視線を戻した。

「主上。どうぞご心配なく。私達は大山祇神《おおやまつみのかみ》の姉妹とはちがいます。むしろお姉さまのほうが木花開耶姫《このはなのさくやびめ》のようにおきれいですから」

大山祇神というのは記紀神話に出てくる国津神《くにつかみ》で、木花開耶姫の父親である。すなわち天孫・瓊瓊杵命《ににぎのみこと》の舅《しゅうと》となるが、彼には木花開耶姫の他に姉姫・磐長姫《いわながのひめ》という娘がいた。これが美貌の妹とは正反対の大変な醜女《しこめ》であったという。

一瞬きょとんとしたものの、帝はすぐに反応した。

「まことか。ならば新大納言は、大山祇神ではなく喬公《きょうこう》（中国・三国時代の名高い美人姉妹・靚《せい》と婉《えん》の父親）であるのだな」

美人姉妹の誉《ほま》れに玖珠子は大袈裟《おおげさ》に胸を張って見せ、その滑稽《こっけい》な様子に笑いが起こる。瞬時にして場を和《なご》ませた、十二歳の玖珠子の手腕に伊子は舌を巻いた。

伊子か双方の乳母達がこの場を収めようとすれば、茈子の軽口を諫める形しか取れなかった。そこでまだ妃としての自覚がない茈子が〝なぜ〟という疑問を口にしたら、この場はますます重苦しくなっていただろう。

しかし玖珠子は話題を、茈子と姉姫から自分と姉姫にとすり替えた。それは玖珠子の立場でしか言えない言葉だから、他の誰もこんな形でこの場を収められはしなかった。

（なんとまあ利発な……）

けして良い印象はない新大納言の娘に対してだが、素直に喝采《かっさい》を送りたい気持ちになった。帝の目にもあきらかに称賛の色が浮かんでいる。

ふと見ると、弁が得意げに玖珠子を見つめていた。それもとうぜんだろうと伊子は納得した。自分の仕える姫がこれほど聡明であれば、女房としては誇らしく将来のときめきにも期待するにちがいない。権門家《けんもんか》の姫君に仕えるというのは、つまりはそういうことなのである。

玖珠子の聡明さは、その日のうちに御所で評判となった。

なにしろ帝が父親である新大納言に直々称賛の言葉を伝えたのだから、瞬く間に広がろうというものだった。

「これで新大納言は、大君《おおいきみ》ではなく中《なか》の君を入内《じゅだい》させる心積もりになるのではと、朝臣達《ちょうしん》の間ではもっぱら評判です」

埒《らち》もないというように、御簾《みす》向こうで嵩那は言った。

最終日である県召除目《あがためしのじもく》が終わったからといって訪ねてきた嵩那は、あまり上機嫌ではなかった。周りに八つ当たりなどするわけではないが、気が晴れないときの彼は心ここに在らずのところがあるのですぐに分かる。

正面切って訊くような真似《まね》はせず、探りを入れつつ伊子は答えた。

「心無いことをおっしゃる方々ですこと。中の君は確かに聡明な姫でしたが、なればこそ姉姫のほうも期待できると考えればよろしいのに」

伊子の批難に、嵩那は〝げに〟と同調した。

「新大納言も馬鹿ではない。姉姫のほうがあきらかに見劣りするなら、最初から妹姫を后《きさき》がねとするでしょう。そうしなかったということは、大君も優れた姫君なのでしょう」

「そうでしょうとも。中の君は、お姉さまは木花開耶姫のように美しいと言っていましたから」

「聞きましたよ、王女御から」

とつぜん、げっそりしたように嵩那は言った。ひょっとして憂鬱《ゆううつ》の種はこれであったのかと推しはかり、からかうように伊子は言った。

「女御から、笛の合奏をおねだりされましたか？」

図星だったとみえ、嵩那はため息をついた。

麗景殿で玖珠子の和琴《わごん》を鑑賞する。そのさい嵩那に笛での合奏をお願いしよう。無邪気に玭子が提案したことだ。承諾《しょうだく》するか否かはもちろん嵩那の胸三寸だが、彼の性格からして子供の頼みをむげにはできないだろう。

「気が進まぬのですか？」

伊子の問いに、嵩那は遠慮《えんりよ》がちにうなずいた。

「馴染みのある弘徽殿の者達ならともかく、新大納言家の女房など知らぬ者ばかりですからね」

弁のことは知っているではないか、そう内心で伊子は突っこんだ。

そもそも嵩那を招待する切っ掛けを作ったのは彼女であった。嵩那がそれを知っているのか、あるいは弁が参内《さんだい》していること自体を知っているのか、色々と気になることはあった。しかし彼女の名を出すことで、変なわだかまりを持っていると誤解されるのも嫌で黙っていた。

（誤解ね……）

そうではないかもしれぬ。まったくなにも思っていないわけではないのだから。

厨女《くりやめ》の阿古夜と笑い転げている姿を見たときまでは、格別意識はしていなかった。

だが昨日、弘徽殿で再会してからはずっと彼女の言動が引っ掛かっている。

斎院《さいいん》を引き合いにして、弁は嵩那を称賛した。そのあとも笛に結びつけて嵩那の名を出し、結果的に茈子の絶賛を誘導する形になった。

別れた相手をなんの屈託もなく称賛するなど、伊子は考えられない。悪口を言うまではせずとも、敢えて触れないようにするのが普通ではないか。その違和感がどうしても消せなかったのだ。

「それに笛の名手と言われても、いまは蛍草殿《ほたるぐさ》がいます」

愚痴《ぐち》とも自嘲《じちょう》とも取れぬ嵩那の物言いに、伊子は物思いから立ち返った。そうだった。麗景殿で笛を披露することは気が進まないという話をしていたのだった。

「そうでしょう。南院宮《なんいんのみや》（清和《せいわ》天皇皇子・貞保《さだやす》親王のこと。管弦の名手として名高い）の生まれ変わりと呼ばれる彼を前に、そのような言われようは恥ずかしいですよ。だいたい年齢的にも、彼女達の相手は私よりも彼に任せたほうが良いと思いますしね」

言い分は的を射ている。特に玖珠子は、今年十六歳の尚鳴《なおなり》とはお似合いだろう。しかも御所での玖珠子の評判は、目下うなぎのぼりである。普通の公達《きんだち》なら興味津々《しんしん》でなんとか近づきになろうと、自分のほうから動きそうなものだ。

しかし──笑いを堪《こら》えつつ伊子は言った。

「年回りはちょうどよいです。されどあの蛍草殿ですよ」

他に類を見ないほどの母親大好き少年である。

大嘗祭《おおなめさい》のとりかえばや騒動のときは、この少年にもいよいよ春がきたかとざわついたものだったが、真相が分かればそんな艶《つや》っぽい話ではなく、年が明けても彼は相変わらず母親一筋だった。

「確かに」

声をあげて笑ったあと、嵩那は言った。

「来てよかった。おかげで気が晴れました」

あんのじょうだった。ここに来た最初のうちは、ちょっと不機嫌かなとは感じていたのだ。

「県召徐目で、なにかあったのですか？」

伊子のその問いに、嵩那はしばしの間をおいたのちひょいと肩をすくめた。


「ねえ、聞いた。藤少納言様の話」

「聞いたわよ。やっぱり別れていたのね、弁の君とは」

「まったくひどい男よね。あれだけしつこく言い寄って、弁の君に妻になってもらったくせに」

「子ができぬのなら離縁はしかたがないけど、もう少し言いようがあるでしょうに」

台盤所《だいばんどころ》に控えていた女房達は、揃って藤少納言を非難していた。

夫婦の間に子ができぬ場合、一般的には女側の非とされるものだが、それでも彼女達が同情的なのは藤少納言の言動があまりにひどかったからだ。

几帳隔《きちょうへだ》てた先から聞こえてくる女房達のやりとりに、千草がぼそりと漏《も》らす。

「これで藤少納言は、御所の女房全員からそっぽをむかれますよ。ざまあみさらせですね」

「痛くも痒《かゆ》くもないですよ。二か月以内には讃岐《さぬき》に行くんですから。それにしても赴任《ふにん》先に妻ではなく召人《めしうど》を伴《ともな》うなんて、恥知らずにもほどがあります」

吐き捨てるように言ったのは、小宰相《こさいしょう》だった。

それはそうだろう。弁にはわだかまりを持つ伊子でさえ胸が悪くなったのだ。親しくしていた小宰相は怒りもひとしおにちがいない。

それは嵩那も同じだった。

昨日彼が不愉快だった理由は、藤少納言に絡まれたゆえのものであった。

県召除目で念願の受領の地位を得た藤少納言は、御所の宿直所《とのいどころ》で仲間内で祝い酒を飲んでいたのだという。たまたま近くを通った嵩那は彼らの一人につかまり、渋々ながらその席に並ぶことになった。

どういう経緯からそんな話題になったのかは分からないが、酒の勢いもあった藤少納言は赴任先には自分の召人を連れてゆくと言ったのである。この場合の召人とは妾《めかけ》のようなものだが、次妻とはまったく立場がちがう。次妻は本妻より立場は劣るが、一夫多妻の世では正式な妻である。

しかし召人はあくまでも使用人に過ぎない。言ってみれば女房や侍女《じじょ》と変わらぬ扱いである。その立場にある者を妻の代わりとして連れてゆくなど、やもめかよほどの変人のどちらかでしかない。

弁という人も羨《うらや》む本妻がいるのになにゆえかと訊くと、藤少納言は彼女とはこれを機に別れるつもりであるというのだ。実際のところ夫婦は何か月も前から険悪となっており、弁が新大納言《しんだいなごん》家に仕えはじめたのはそのあたりが要因らしい。

『あの女は、子ができませんからね』

土器《かわらけ》を傾けつつ、とろんとした目つきで藤少納言は言った。念願だった讃岐守就任の喜びもあり、彼の酒量は尋常《じんじょう》ではないほど進んでいたのだという。

見かねた一人が、なだめるように言う。

『そんな、北の方はまだお若いではありませぬか』

『もう二十七です。しかも結婚して四年にもなりますよ』

うんざりしたような物言いは冷たく、かつて縋《すが》りつくようにして妻にと乞うた女への愛情は感じられなかった。

嫌気がさした嵩那は、その席を去ろうと腰を浮かしかけた。そのおりに藤少納言から投げつけられた言葉が、彼の不快の理由であった。

──宮様は、石女《うまずめ》を妻にせずにすんで幸運でしたね。

──失礼いたしました。あの女の身分では、宮様の妻は無理でしたな。

確かに弁のような中臈《ちゅうろう》では、二品親王《にほんしんのう》の正妻は難しい。それどころか次妻も怪しかった。加えて藤少納言との関係も、四年子が出来なければ不妊を疑われることはいたしかたがない。

だからといって、このような場で口にしてよい言葉ではない。

大人になっても言ってよいこととならぬことの区別がつかぬ者は、人として大切なことを学び損ねた人間だ。たとえそれが酒の影響であっても言い訳にはならない。

すっかり機嫌を悪くした嵩那は『そなたの人間性を疑う』とかなり強い非難の言葉をぶつけて宴席を後にしてきたのだという。

その経緯が女房達の間に広まり、先ほどの喧々《けんけん》たる批難となったわけである。

小宰相の怒りは治まらず、ぷんすかと腹を立てつづけている。

「だから止めておけって言ったのよ。藤少納言程度じゃあなたには釣り合わないって」

「小宰相」

声が大きくなったのを気にしてか勾当内侍《こうとうのないし》がたしなめるが、小宰相はひるまない。

「勾当内侍様だって、良い顔をなさっていなかったではないですか。式部卿宮《しきぶのきようのみや》様を捨ててまで選ぶような相手ではないと」

なかなか衝撃的な証言にどきりとした。弁がかつて嵩那と恋仲であったことは知っていたが、なんとなく自然消滅だと思いこんでいた。まして嵩那を捨てて藤少納言を選ぶなど、普通の女なら考えられない。

「え、宮様が振られたのですか!?」

千草の遠慮のない問いに、小宰相はここぞとばかりに大きくうなずく。

「そうです。やはり宮様とでは、恋人にはなれても正式な妻にはなれませんからね。藤少納言に北の方にと強く言い寄られて、女としては心が揺らいだようです」

そこで小宰相は一度言葉を切り、悔《くや》しさと痛ましさを交えたような表情を浮かべた。

「あの娘《こ》の父は前の参議ですが、母は召人なのです。本妻の子に比べて色々と辛い思いをしていたようです。それで正妻の地位によけい拘《こだわ》りがあったのでしょう」

けっこうに個人的なことを暴露しているようだが、勾当内侍が咎《とが》めないところから後宮職員の女房達の間では周知のことであったのだろう。

「まるで『玉響物語《たまゆらものがたり》』の逆版ですね」

ちょっと懐かしい話題を千草が蒸し返した。懐かしいとは言っても『玉響物語』は、いまだに御所では読み継がれており、最近では都を飛び出して畿内に住む婦人たちを熱狂させていると評判だった。

稀代の女流作家、菅命婦《かんのみようぶ》の最高傑作《けつさく》と名高いこの物語が、実は伊子の弟・実顕《さねあきら》の筆によるものだというのは、ごく限られた者しか知らぬ密事《みそかごと》である。

確かに『玉響物語』の主人公は、弁とは逆に中流だが人柄の優れた男からの求婚を断って、高貴で自由奔放な男を選ぶという選択をする。このあたりの主人公の気持ちが愛なのか見栄なのかよく分からぬところが、物語として秀逸だと伊子は思っている。

「晴れて妻となったところで、男の足が遠のけば結局は同じことでしょう」

諦観《ていかん》とも開き直りともつかぬ口調で勾当内侍が言った。

ちなみに子供ができた場合、妻と召人の間には雲泥《うんでい》の差がある。召人の場合は父親がわが子と認めない場合も珍しくない。『源氏物語』の浮舟《うきふね》などは、その最たる例である。弁は子として認められているが、本妻が産んだ子らとの間にどれほどの差がつけられたのかは想像に難くない。

弁の選択を、愛よりも安定を選んだと蔑《さげす》む者はいるだろう。しかし身分の高い伊子が少しでもそう思ったのなら、それは傲慢《ごうまん》でしかない。

それを承知したうえで、かつ自分がいま嵩那と恋仲であるという矛盾《むじゅん》に目を瞑《つむ》ったうえで伊子は思った。

あれほどの才色に恵まれながら、嵩那のような男を捨ててそんなつまらぬ男の本妻となることを選ぶなんて、弁の君は本当に儘《まま》ならぬ女の立場が耐え難かったのだろうと。

それから二日経った十四日。

帝の朝餉《あさがれい》の陪膳《ばいぜん》を済ませたあと、伊子はいったん承香殿に戻ることにした。

松の内の装いは、蘇芳《すおう》色の綾織物の唐衣《からぎぬ》に表着《うわぎ》は紫の花菱地に白の糸で雲鶴丸紋《うんかくまるもん》を織り出した貫禄《かんろく》の二陪織物《ふたえおりもの》だ。五つ衣《い》はすべて白をかさね、袖口《そでぐち》からは紅梅色の単《ひとえ》をのぞかせる。元旦に着た曼殊沙華《まんじゆしやげ》のように主張の強い衣装に比べると、こちらは少し抑え目な紫木《しもく》蓮《れん》といったところか。

簀子《すのこ》から渡殿《わたどの》にあがると、壺庭《つぼにわ》に弟の実顕の姿を見つけた。検非違使別当《けびいしのかみ》と右衛門督《うえもんのかみ》を兼ねる彼の装束は、黒の闕腋袍《けつてきのほう》に緌《おいかけ》のついた巻纓《けんえい》の冠という武官装束である。部下であろうか。六位を示す緑の袍に、実顕と同じ冠をかぶった武官とむきあっている。

「あ、夕麿《ゆうまろ》さ――」

「姉上、お久しぶりです」

千草が名を呼び終わらぬうちに、実顕のほうも伊子達に気がついた。夕麿は実顕の幼名で、千草はいまだに彼をこの名で呼ぶのである。

いつも通り実顕は屈託がない。嵩那との件は顕充《あきみつ》から聞いているはずだが、とやかく聞いてくることもなかった。日頃から実顕は伊子と嵩那が親しくしているのを目にしていたので、あんがい予測済みだったのかもしれない。

（なんといっても、あの『玉響物語』の作者だしね）

のんびりしているようで、男女の仲にかんしては意外と鋭いのかもしれない。おっとりと人の好い弟の、意外な才能を知ったときの驚きを伊子は思いだしていた。

こちらに近づいて来ようとして実顕は、なにか思いだしたのか傍らの武官に話しかけた。

年のころは実顕と同じか、もう少し若いくらい。二十二、三といったところだろう。すらっとした背丈に筆で刷《は》いたような形の良い眉《まゆ》ときりりと引き締まった口許《くちもと》が凛々《りり》しい、なかなか男ぶりの良い青年だった。

伊子は檜扇《ひおうぎ》で顔をおおったが、千草は自分好みの偉丈夫《いじょうふ》に素直に目を輝かせた。

「夕麿様、そちらの方は？」

「右衛門大尉《うえもんのだいじょう》です。萱命婦の亡夫の後任になります」

不思議な縁で、実顕の物語の師である萱命婦の亡夫は実顕の部下であった。ちなみに衛門府における三等官・尉《じょう》は左右大小各二名である。

「新大納言の従兄弟《いとこ》にあたる者です」

「藤大尉《とうのだいじょう》とお呼びください。今後お見知りおきを」

実顕の紹介に、右衛門大尉は背筋を伸ばしたまま一礼した。きびきびした所作でいかにも有能な、若手の実務官吏《かんり》という印象だった。

公卿《くぎょう》の従兄弟でも六位という官位は珍しくはない。母親の身分や嫡出《ちゃくしゅつ》か否《いな》かで子の立場はおおいに変わってくるからだ。とはいえこの若さなら、六位という官位はそこまで悲観するものではないだろう。

伊子は実顕のほうに視線を戻した。

「いよいよ今日で御斎会《ごさいえ》も終了ね。男の人達は大変だわ。本当にご苦労様」

「高僧達の話を聴講できるので、ありがたいことなのですが。七日はやはり長いですね」

一応気遣ったのか、実顕は声をひそめた。よほど信心深い者でもない限り、それが本音だろう。正直に言えば伊子も、参加が禁じられている女で良かったという思いである。

「まあ、明日は小豆粥《あずきがゆ》を食べながらゆっくりしますよ」

「そういえば、明日は七種粥《ななくさがゆ》だったわね」

「女人《にょにん》達にとって大切な日。明日の後宮は賑《にぎ》やかになりますよ」

子供のように茶目っ気たっぷりに実顕は言う。

正月の十五日には、七種粥を食べる風習がある。別名小豆粥とも呼ばれるもので、米と小豆のほかに粟《あわ》、黍《きび》、稗《ひえ》、葟子《みの》、胡麻《ごま》を入れる。

それがなぜ女達にとって大切なのかというと、粥を炊《た》いた薪《たきぎ》の燃え残りで尻を叩くと子宝に恵まれるという言い伝えがあるからだ。ちなみに男の尻を叩くと、その人の子を宿すと言われている。

薪の燃え残りのことを『粥杖《かゆづえ》』と呼び、女房女官の後宮職員達はそれを隠し持ち、隙《すき》あらば同僚、あわよくば恋人の尻を叩いてやろうと構えているのだという。首尾よく誰かを叩いてやると、してやったりとばかりに笑い転げ、人によっては真剣に悔しがる者もいるということだ。

「まあ、後宮ではそんな賑やかなことになるのね」

実顕の話を聞いて伊子は驚いた。小豆粥も粥杖ももちろん知ってはいたが、左大臣家の邸ではそこまでの騒ぎにはならなかった。多数の女がひしめく後宮ならではのことなのだろう。

とつぜん千草が警戒した顔で話しかける。

「姫様。冗談でも私には仕掛けないでくださいね。すでに四人も産んでいますから、もうたくさんです」

けっこう真剣に詰め寄られ、伊子は噴きだしそうになるのを堪える。おおむねのことにおいて強気な千草が、こんな迷信を信じているのかと思うとおかしくなる。

「分かったわ。皆にも伝えておく――」

「ぜひともお出でくださいませ」

こちらのやりとりを遮《さえぎ》るように、聞き覚えのある女の声が響いた。見るとすぐ先の弘徽殿側からの渡殿で、弁と嵩那がむきあって立っていた。

「あ、宮様」

実顕がぼそりとつぶやいた。弟は伊子ほどに抜きんでて高いわけではないが、それでも人より長身なので、壺庭にいても高欄《こうらん》越しの光景が見えるようだ。隣にいる右衛門大尉はさらに背が高いから、彼も興味深そうに弘徽殿の方向を眺めている。

嵩那の親王色である濃紫の束帯は、御斎会のための正装だった。対して弁はもちろん唐《から》衣《ぎぬ》裳《も》である。唐衣は白の表から淡青《うすあお》（薄緑）の裏が透けて見える柳のかさね。黄色の表着の下には萌黄の薄様の五つ衣。袖口からは淡青の単がのぞく。萌えいずる春を待つ瑞々《みずみず》しい新芽を思わせる装いの配色の妙に、着る人間の知性が感じられる。

「王女御様も、そのように望んでおられたではありませぬか。女御様からお話を聞き、中の君様も宮様のお姿を拝されることを楽しみにしておられます。幼い方々ばかりでございますゆえ、気を張らずにお越しくださいませ」

察するに数日前の和琴《わごん》の披露の件であろう。嵩那は気乗りしていなかったが、彼の性格からして莚子の頼みをむげにはできそうもない。

（だからといって、中の君の女房のあなたがわざわざ頼まなくったってもいいんじゃない？）

莚子の願いなのだから、弘徽殿の女房達が頼むべきだ。それを玖珠子の女房である弁がしゃしゃり出るというのは僭越《せんえつ》ではないか。口には出さないまでも、その思いがあきらかにいちゃもんだということに伊子は気づいていない。

「しかし私など、姫君たちの父親といったほうが良いような年齢ですよ。もう少し年の近い公達や、童殿上《わらわてんじょう》の男児などを呼んだほうが楽しめるのではありませんか？」

かねてより気が進まないと言っていただけに、嵩那は彼らしく婉曲《えんきょく》な断りの言葉を口にする。しかし弁は引き下がらない。

「そう、つれないことをおっしゃらずに。当家の中の君様は、王女御様から宮様との合奏の提案をいただいて、いま懸命に和琴の稽古《けいこ》に勤《いそ》しんでおられるのですから」

「ですから笛でしたら、私よりも蛍草蔵人《くろうど》のほうが……」

「さようなご謙遜《けんそん》を。まだまだ第一線をお譲《ゆず》りするような年でもありますまい」

別に嵩那は、隠居《いんきょ》するなどとは一言も言っていない。単純に尚鳴の演奏が優れているから彼の名を出しているだけではないか。やりとりを聞いているうちに、伊子は次第にいらいらしてきた。

（まったく、迷惑だって分からないのかしら）

そのとき千草が耳元でささやいた。

「姫様、顔が怖いですよ」

「!?」

「扇《おうぎ》のおかげで、夕麿様には見えていないようですけど」

伊子はこほんと咳払《せきばら》いをして、表情を改めた。

みっともないところを見られないでよかった。年子ならともかく、七歳も下の弟に幼稚な姿は見られたくない。

そのときだった。

「──お似合いですね」

ぼそりとつぶやいたのは、右衛門大尉だった。目を凝《こ》らすようにして、高欄越しの光景を眺めている。精悍《せいかん》な顔立ちが急に俗っぽくなったように見えた。

「こら、藤大尉」

実顕がたしなめた。客観的に考えて叱るほどのことでもないから、あるいは伊子に対する気遣いだったのかもしれない。気まずげに肩をすくめた右衛門大尉に、伊子は申し訳ない気持ちになった。

「分かりましたよ。でも長くはおりませぬよ」

根負けしたとでもいうように嵩那が言った。いつの間にか話が進んでいたらしい。

弁は歓喜の声を上げた。

「まことでございますね。よろしいですか、約束ですよ」

詰め寄ってくる弁に、嵩那は一歩後じさりながらうなずく。しかし弁のほうはお構いなしてである。

「ありがとうございます。では麗景殿でお待ちしております」

そう言ったときの弁の表情は、距離があるためにはっきりとは分からなかった。だけどあの弾んだ声を聞けば想像がつく。あの知的で美しい瞳に感謝と尊敬の念を湛《たた》え、真っすぐに嵩那を見つめているにちがいないのだった。

弁が、嵩那とよりを戻したがっているらしい。

そんな噂《うわさ》が、昼過ぎにはもう女房達の間に広まっていた。渡殿《わたどの》で伊子達が見た現場だけではなく、弁が嵩那を麗景殿に誘っているところは以前よりたびたび目撃されていたらしい。そこに拍車をかけたのが、藤少納言のあの暴言である。夫婦の関係がすでに破綻《はたん》していることは夫の口から直接語られているので、よりを戻したいという噂を疑う者は誰もいないのだった。

台盤所《だいばんどころ》での女房達の話題も、その件でもちきりだった。

そのときの伊子は母屋《もや》で帝が目を通し終えた奏上文を整理していたのだが、襖障子《ふすましょうじ》を隔《へだ》てて彼女達の声は聞こえてきていた。

なにを話しているのやらと思っていると、千草がそろそろと襖障子を開きはじめた。奏上文を扱うことができない彼女は、作業中の伊子とおしゃべりをすることもできずに暇を持て余していたのである。

わずかに開いた隙間《すきま》から、女房達の会話は筒抜けとなった。

「最初からそれが正解だったのよ。藤少納言なんかに弁の君はもったいないもの」

声の主は小宰相《こさいしょう》だった。弁への友情に加えて本来の高揚《こうよう》しやすい気質もあって気勢をあげている。

しかし女房達の中には、冷ややかな者も複数いた。藤少納言には批判的だった者も、嵩那に言い寄るというこのたびの弁の行動は納得しがたいようだ。

「そうは言っても、宮様からすればいまさら虫が良すぎるってものじゃない」

「別れたときのことは覚えているわよ。けっこう一方的に弁の君が振ったそうじゃない」

「殿方《とのがた》ってほら面子にこだわるから、自分を理不尽に振った女を簡単に許せるものじゃないでしょう」

言い分だけ聞けば圧倒的に彼女達に理がある。別れを切り出した側が、離婚したからまたよりを戻したいなどと身勝手極まりない――とは伊子も思うのだが。

（でも、私も人のことは言えないわよね）

自問して穴があったら入りたい気持ちになる。十一年前、自分とてかなり一方的に嵩那を振ったではないか。しかも完全な勘違いだったのだから、いま思いだしても申し訳なさに身がすくむ。

「姫様、お気になさらず」

どういうつもりで言ったのか、千草がささやきかける。かつて伊子も嵩那を理不尽に振ったことなのか、それとも弁が嵩那とよりを戻そうとしていることなのか。

「弁の君がどんな手段で誘惑してこようと、ここまで騒ぎを大きくしておいてほだされたりしたら、殿（顕充のこと）はもちろん女宮様も黙ってはおりませんわ」

なるほど、それは考えたこともなかった。

確かにここまで顕充に面倒をかけておいて、嵩那が弁とよりを戻して伊子との仲が破綻したら、いかに温厚な顕充でも絶対に嵩那を許さないだろう。しかもそうなったら女宮の計画は根底から崩れる。

ふと悪戯《いたずら》を思いついた子供のように、伊子はほくそ笑んだ。

（そうなったときの、女宮様の顔が見てみたい気もするけど）

などととんでもないことを考えたあと、伊子は気持ちを引き締める。いやいや、面白がっている場合ではない。

「心配などしていないわ」

けっこうきっぱりと言ったからか、千草は意外そうに目を瞬かせた。

伊子はくすっと笑った。

「もちろん宮様のことは信じてはいるけど、そうなったらそのときよ」

「？」

「誰だってそうでしょう。とやかく言っても、人の気持ちはどうにもならないもの」

仮定として考えただけでも、弁にほだされた嵩那が彼女に徒心《あだごころ》を持ったとしたら腹が立つ。それが現実となれば憤慨《ふんがい》して、それ以上に悲しくてやりきれないだろう。

だけどそれらの負の感情に、永遠に心を支配されたりはしない。どんなに嘆《なげ》こうと自分という人間の根幹が揺るがなければいずれは立ち直れる。人としての芯さえあれば、どれほど恋した相手であろうと、私以外の誰も私を幸福にも不幸にもできない。

嵩那と再会し、宮仕えをはじめて数か月。近頃の伊子はそう信じることができるようになっていた。

「ほんと、そうですよね」

しみじみと千草は言った。

「私も二人目の夫までは、比翼連理《ひよくれんり》になどと考えていつか改心してくれるものと粘りましたけど、四人目にもなると〝クズは一生変わらない〟と分かったのですぐに見切りましたよ。だいたいいい年をこいた大人を、他人が改心させられるなどと思うこと自体がおこがましいですよね」

それは他人の心を云々《うんぬん》ではなく、単に男を見る目がないだけだと思う。しかし千草が四回の離婚にもめげず、あっけらかんと明るく日々を過ごしているのは本当のところなので指摘はしないでおいた。

台盤所での女房達のやりとりは次第に熱を帯びてくる。

「そりゃあ小宰相は友達だから弁の君に肩入れしたい気持ちは分かるけど、あれだけ盛大に石女と知られたら、普通の男は躊躇《ちゅうちょ》するんじゃない？」

「ちょ、なんてことを言うのよ」

「事実でしょ。四年も子ができないんじゃ、そう疑われてもしかたがないわ。もちろんそれを悪《あ》しざまに言う藤少納言様もどうかとは思うわよ」

ここまでは客観的な意見としては許容範囲ではあった。もちろん本人や友人である小宰相を前に言う言葉ではないが。

しかしそのあとの一言がいけなかった。

「まあ明日は、皆で弁の君のお尻を叩いてあげましょうよ。もしかしたら彼女自ら、宮様のお尻を叩きにいくかもしれないわね」

「なんてことをっ！　よくそんなひどいことが言えるわね」

小宰相が金切り声をあげた。襖障子に顔を近づけていた千草が「うわっ」と小さく悲鳴をあげる。つかみ合いでもはじめたのかと伊子は腰を浮かしかけたが、その前に勾当内侍《こうとうのないし》の声が響いた。

「お止めなさい。主上《おかみ》にお仕えする女房ががはしたない」

日頃は部下に対して寛容な勾当内侍だが、さすがに清涼殿でのつかみ合いは阻止せざるをえなかった。

「弁の君は、もはやあなた達の同僚ではありません。軽い気持ちであっても陰口を叩いたことが知られたら、新大納言《しんだいなごん》様の怒りに触れることにもなりかねませんよ」

いくらか口調を穏やかにして勾当内侍は言った。千草の後ろにつくようにして台盤所をのぞくと、小宰相をはじめ数名の女房達がしゅんと項垂《うなだ》れている。いつもは優しい上官から叱られることは、それが厳しくなくてもけっこうに身に染みるものだ。

とまれ、これで女房達の口からの弁への非難は止むだろう。勾当内侍が言ったように、他所《よそ》の女房への批難が外に漏《も》れでもしたら体裁《ていさい》が悪い。尚侍《ないしのかみ》として伊子はそのことに一番安心したのだった。

翌日の十五日。御所では朝餉《あさげ》に恒例の七種粥が供された。

薄紫色の粥は小豆《あずき》ばかりが目立つが、実際には他に六種もの穀物《こくもつ》が入っている。

身支度《みじたく》を終えた伊子は、千草の給仕で粥を口に運んだ。

「意外と塩味が強いのね」

「厨女《くりやめ》から聞いたのですが、主水司《もいとりのつかさ》がいう配分は穀物二斗《と》に対して塩四升《しょう》だそうです」

それだけで計算すれば五対一の割合だが、粥の場合はそこにかなり水が入るのでそんなものかと思うしかない。そもそも米を炊《た》いたことすらない伊子には、それが多いのか少ないのかなど分からないのだ。

「黍《きび》は甘味があるので、普通の粥より塩が多くてちょうどよいのかもしれませんよ」

「でも、黍ばかりがそんなに多いわけでもないでしょう」

語りながら伊子は、粥をひと混ぜした。

（あれ？）

急に匙《かい》を止めた伊子に、千草が怪訝《けげん》な顔をする。

「どうかしました？」

「いや、その……」

「もしかして、虫でも入っていましたか」

眉《まゆ》をひそめる千草に、伊子は慌てて否定する。

「まさか、まだ孟春《もうしゅん》よ」

「そうですよね。啓蟄《けいちつ》まではまだありますものね」

そこで千草は思いだしたように言った。

「さすがに御所の小豆粥は、七種類の穀物をきっちり使っているのですね」

この千草の発言に、伊子は少なからず驚かされた。偶然にしても、あまりにも間が良すぎやしないか。

「ど、どういうこと？」

「この間、内舎人《うどねり》の者から聞いたのですが、官衙《かんが》のほうで提供されるのは小豆だけの粥だそうですよ」

官衙というのは役所。いわゆる大内裏《だいだいり》のほうだ。

なんだ、そういうことか。あたり前だが、心をのぞかれたわけではなかった。

気を取り直して伊子は答えた。

「それはそうでしょう。我が家だってきちんと七種類の穀物を使って粥を作っていたのだから、御所であればなおのことこういうことはきちんとするわよ」

「そう言われればそうですね」

あっけらかんと千草は言い、伊子は何事もなかったようにふたたび匙を動かす。

よもや千草も気づいて、鎌をかけるつもりであんなことを言ったのかと疑ったがやはり違ったようだ。

そもそも気づいたとてなんだというのだ。そんなことは些細《ささい》なことだ。たまたまということだってあるし、そうでなかったとしても誰も困らない。誰も困らないのに自分の立場で無闇に騒ぎ立てては、罰を受ける者が出かねない。尚侍たる者、何事も慎重に当たらなければ——己に言い聞かせると、伊子は残りの粥をかきこんだ。


後宮に配るつもりで準備していた粥杖《かゆづえ》が、全て無くなってしまった。

そんな事態を伊子が知ったのは、帝がお湯を召している最中のことだった。湯からあがった帝にかたびらを奉《たてまつ》るのは伊子の仕事で、そのために台盤所《だいばんどころ》に控えていたときに聞かされたのである。

「盗まれるようなものでは、けしてないのですが……」

報告に来た勾当内侍は解せないという顔で首をひねる。それは伊子も同意だった。粥杖は薪の燃え残りなので、燃料としてもほとんど役に立たない。

「よく分かっていない端女《はしため》あたりが、うっかり捨ててしまったのかもしれないわね」

「そうですね。新しく入ってきた者などは存ぜぬやもしれません」

「念のため、厨《くりや》の者達にはもう一度探すように言ってみてちょうだい」

それでうっかり誰かが捨ててしまっていたとしたら、注意はしなければならない。大した損害でなくとも、来年も同じことをされては困る。

「幸いですが供御《くご》（この場合は帝の飲食物）の粥はまだ炊いている最中なので、そちらの粥杖は手に入るはずです。ですが数が少ないので、女房全員にいきわたるかどうか……」

帝の粥は、伊子達が朝早く食べたものとは別に作っている。帝の御下がりを臣下が頂戴《ちょうだい》するのは構わぬが、逆は大いに憚《はばか》りがある。そちらの薪から粥杖を手に入れることはできるが、例年に比べると量がぐっと減ることはまちがいない。

「女房達が楽しみに待っていたのですが……」

申し訳なさそうに勾当内侍は言った。

実顕から聞いた話から察するに、粥杖を忍ばせることは女房達にとって娯楽《ごらく》のひとつだったのだろう。懐妊云々《うんぬん》は迷信だとしても、無礼講《ぶれいこう》でふざけあえることは、日ごろは取り澄ました御所内での楽しみのひとつであったにちがいない。

勾当内侍を励《はげ》ますつもりで、冗談めかした口調で伊子は言う。

「千草はもうお産はこりごりと言っていたから、あの娘には渡さなくてもいいわ」

一瞬きょとんとしたあと、勾当内侍は声をあげて笑った。ちなみに千草は粥杖で叩かれることは嫌がっていたが、他人の尻を叩くことは遠慮《えんりょ》していない。

勾当内侍が下がってから、伊子は首をひねった。

粥杖が無くなったことは、ひょっとして今朝の七種粥と関係があるのだろうか？

いまのところ誰も気づいていないようなので自分の思い違いかとも思ったのだが、こんな異変が起こると、やはり関連させてしまう。

どうしたものかと思い悩んでいるところに女房がやってきて、帝がそろそろ湯から上がる旨《むね》を伝えにきた。

「分かりました。参ります」

伊子は頭を切り替え、御湯殿にとむかった。

「尚侍《かん》の君、腹が減っているのかい？」

そう帝に問われ、伊子は折敷《おしき》を持つ手をびくりと揺らした。

帝に奉る七種粥は、若い人の食欲にあわせて平常の朝餉《あさげ》に追加される形になった。伊子ぐらいの年齢になるとそんな量は食べられないので、粥が朝餉代わりである。

いま伊子が持つ折敷の上には、七種粥をなみなみと盛った椀《わん》が載っている。それを伊子があまりにもまじまじとのぞきこんでいたので、先ほどの帝の問いになったのだ。

「い、いえ。さようなことはございません」

あわてて椀を膳《ぜん》に載せると、帝は疑うような顔をした。とうぜんの反応だが、現状では伊子も説明のしようがなかった。

（あくまでも憶測だしね……）

なにも言う気配のない伊子に、それ以上訊くのを諦めたのか帝は話題を切り替えた。

「そういえば、蛍草《ほたるぐさ》の話を聞いたかい？」

「蔵人殿？　いえ、なにも。どうかなされたのですか？」

「新大納言の中の君からの招待を断ったらしい」

一瞬なんのことかと思ったが、すぐに気づいた。

「和琴《わごん》の披露ですか？」

帝はうなずいた。

それを理由に、弁は嵩那を麗景殿に招待しようと言い寄っていたのだ。現場を見たときは、それは茈子の女房に任せるべきことではないかと不快を覚えた。しかしいまになって考えてみれば、麗景殿で行われるのだから、弁の行動は玖珠子の女房としてとうぜんのものだった。

だが様々な事情を鑑《かんが》みると、どうしても穿《うが》ってしまう。そしておそらく、これは僻《ひが》みではない。他の女房達も、弁の君が嵩那とよりを戻したがっているのではないかと疑っているのだから。

だというのに、伊子に弁を咎《とが》めることはできない。帝の勅命《ちょくめい》と顕充の要請で、二人の関係を公《おおやけ》にできぬからだ。二人の関係を伏せたまま『嵩那に近づくな』と抗議をしても、頭がおかしくなったと疑われかねない。こうなったらせめて嵩那が、伊子の名は出せないままでも「恋人がいる」と断ってくれれば良いのに——。

（いや、そうするべきでしょう！）

せつなの迷いを振り切ると、がぜん怒りがわいてきた。

そうだ。言うに言われぬ弁相手ならともかく、嵩那を相手になぜここで自分が遠慮をする必要があるのだ。

（よし、はっきりと言ってやるわ）

他人に本当になにかをして欲しいと思うのなら、きちんと言葉にして伝える以外に術《すべ》はない。なぜなら人の心はどうしたって見ることはできないのだから。等々心中で決意を固める伊子の思考は、もはや尚鳴と玖珠子の問題から完全に遠ざかっていた。

「蛍草も困ったものだ……」

ため息交じりの帝の言葉に、伊子は物思いから立ち返る。

帝は粥に手をつけず、匙をもてあそぶように手許で揺らした。珍しく行儀が悪い。

「女人側《にょにん》が誘っているのだから、顔をたてて少しぐらい付きあってやればよいのに」

主君というより兄のような言い分である。

尚鳴のように優れた奏者からすれば、十二歳の玖珠子の和琴など興味をそそられもしないだろう。それを我慢して快《こころよ》くつきあってやれる、嵩那のような社会性は尚鳴にはまだない。とはいえ大嘗祭《おおなめさい》のとりかえばや騒動のように義侠心に厚い部分はあるから、利己的な人間ではけしてないのだが。

そこで伊子は思いだした。大嘗祭での御前試の夜。右大臣《うだいじん》と新大納言の二人が、尚鳴を婿にと左近衛大将に詰め寄って軽い騒ぎになったという話を。

あのときは元々の互いに対する対抗心と酒の勢いで片づけてしまっていたけれど、実はそのあとも陰でちょこちょこと求婚話は出ていたらしい。しかしいかんせん尚鳴に結婚への興味もかけらもないので、そのまま立ち消えになっていたのだという。

普通の親なら叱咤《しった》もするが、父親はあの呑気《のんき》な左近衛大将だ。そもそも親子の名乗りをあげて一年も経っていない息子に、父親面《づら》で説教をたれるのは憚《はばか》られるのだろう。

勾当内侍《こうとうのないし》も他のことであれば叱りつけるだろうが、立場的に結婚という家門の問題に口を出すことは慎《つつし》んでいるようだった。

こたびの玖珠子の参内《さんだい》が、膠着《こうちゃく》した婿取り合戦に一石を投じる手段だとしたら。

「ひょっとして新大納言は、蛍草殿に会わせるために中《なか》の君を参内させたのでしょうか」

伊子の思いつきに帝はうなずく。

「私はそうやもしれぬと考えておる。確かに中の君なら年回りもよい。なにより聡明で愛らしい申し分のない姫だ。一度目にすれば、普通の若者であればすぐに気に入るだろう」

一時は姉の大姫を鞍替《くらが》えしてこちらが入内《じゅだい》するのではと言われていた玖珠子が、帝からこのように言われるのはなんとも奇妙ではある。しかし玖珠子が良くできた姫であることはまちがいなく、よほど変わった男でないかぎり見すごしはしないだろうけれど。

「なれど、あの蛍草殿ですからね……」

「まことに」

それ以上は伊子も帝も言わなかったが、認識は共通だった。

そう、尚鳴はそのよほど変わった男なのだ。

伊子達の推察通りだとしたら、新大納言は玖珠子に直接会えば尚鳴の気も変わると思ったのかもしれない。親ばかではなく、客観的にもそれほど自信を持ってよい姫だった。

しかし母親以外の女性に興味を持たぬ尚鳴は、見向きすらしなかった。しかも参内日に誘いを断ったのだから、物忌《ものい》みや夢見が悪いという言い訳も成り立たない実に堂々とした拒否だった。

もう一度くらいは誘いがあるかもしれないが、尚鳴のあの性格ではまた断る可能性が高い。玖珠子は魅力的な姫であることは間違いないが、尚鳴が女人に興味がないのではどうにもならない。それこそ木花開耶姫並みの美女であっても駄目な気がする。

「個人的なことを言えば、蛍草の周りの目を気にしないあの気性は好ましいのだがな」

苦笑交じりの帝の一言は、意味深で少し胸が痛んだ。

色々と話をしているうちに粥はすっかり冷めてしまっていた。

「取り替えてまいります」

そう言って伊子は椀を持ち上げた。台盤所は襖障子《ふすましょうじ》を隔《へだ》てた隣室である。女房達が控えているが、中臈《ちゅうろう》以下の女房は朝餉《あさがれい》の間に入ることはできないので、粥を取り換えるためには伊子が動かなくてはならない。襖障子の前まで行く僅《わず》かな間、伊子は冷えた粥の表面をここぞとばかりに凝視しつづけた。

昼の仕事も一段落し、いったん承香殿に戻るために伊子は渡殿《わたどの》を進んでいた。滝口を過ぎたあたりで、麗景殿の方向から嵩那がこちらにむかって歩いてきていることに気づいた。

「結局、和琴のご招待を受けられたのですかね」

千草の口調は心持ち冷ややかだった。無論、玖珠子の招待を受けたことはなんの問題もない。茈子の頼みでもあるし、嵩那の年齢と性格からして尚鳴のようにむげにはできないだろう。

問題は弁である。いや弁ではなく、肝心《かんじん》なのは彼女に対する嵩那の対応がどうなっているのかであった。そのあたりをしっかりと訊かなければならぬと思った。結婚を前提とした恋人の、とうぜんの権利である。

(よし、言ってやる)

逸《はや》る気持ちのまま足を速めた伊子に比例するよう、嵩那は小走りに近づいてきた。

「大君《おおいきみ》。ちょうどよかった。ご相談が――」

「相談？」

「ええ、粥杖《かゆづえ》のことなのですが」

もう知っていたのかと、伊子は目を円くした。

もちろん女房達の間では、すでに広まっていることだった。配られるべきものが配られなかったのだから当たりまえだ。しかし嵩那の耳にまで入っているとは思わなかった。

「よく、ご存じで」

「麗景殿で聞きました」

伊子はきょとんとなった。いま麗景殿にいるのは内裏《だいり》女房ではなく玖珠子付きの女房である。その彼女達の耳に、なにゆえそんな噂《うわさ》が耳に入ったものであろうか。

嵩那は声をひそめた。

「実は内裏女房達の間で、粥杖を隠したのは弁の君ではないかと噂が立っているらしいのです」

衝撃ではあったが、納得はできた。弁の君が犯人だということではなく、石女《うまずめ》と称された彼女が犯人とされてしまったことにである。

それにしても誰がどう言いはじめたのかも分からぬのに、半日も経たずして他所《よそ》から来た麗景殿の者達の耳に入ってしまうとは、まったく噂の広まりとは恐ろしいものだ。

「それを聞いた麗景殿の者達がたいそう立腹して——」

「それはそうでしょう」

伊子は語気を強めた。怒ってとうぜんのひどい噂だ。もしも千草がそんな噂をたてられたら、伊子はなにをもってしても抗議にゆく。

「特に主である中の君が——」

「分かりました」

嵩那の説明を伊子は途中でさえぎった。つづきなど聞かずとも分かった。

え？　という顔をして嵩那は、伊子の視線を追って後ろを振り返る。

むこうから渡殿を進んできていたのは、玖珠子だった。

両脇に二人の女房を従えて、自分が先頭を切って歩いてきていた。乳母の但馬と弁が半歩下がってついてきている。折れそうにか細い少女の身体《からだ》の玖珠子が、白地の裏に蘇芳《すおう》色をあわせる大人びた梅かさねの細長《ほそなが》をまとい、唐衣裳《からぎぬも》姿の成熟した女房達を従えている姿はなかなかの見物だった。

伊子達との距離を詰め、三人は立ち止まった。女房達に挟まれた玖珠子は顔を真っ赤にしていた。

伊子は無言のまま玖珠子を見下ろした。年齢からすれば玖珠子は小柄ではないが、背の高い伊子からは完全に見下ろされる形になってしまう。

しかし玖珠子は微塵《みじん》もひるんだ様子を見せなかった。毅然《きぜん》と首をもたげ、はっきりとした声で言った。

「尚侍《かん》の君様に、申し入れたき旨《むね》がございます」

嵩那と弁は、はらはらしたように玖珠子を見ている。いっぽうで但馬は呆《あき》れ半分諦め半分といった態で、やけにどっしりと構えているのが対照的だ。

内容に予測はついたが、それでも白々しさを装って伊子は問い返す。

「はて、なんでしょうか?」

「当家の弁は、物を盗むような女房ではありません!」

少女らしいかん高さの残る声で訴えられた内容は、予想通りのものであった。

つまり玖珠子は、自分の女房に対する悪意に満ちた噂を聞いて主人として抗議にきたのだ。伊子は感嘆の思いで玖珠子を見下ろした。これはどうして、やはりなかなか見所のある少女ではないか。

(螢草殿《ほたるぐさ》の北の方より、典侍《ないしのすけ》として御所に欲しいぐらいの人材だわ)

実際のところ、新大納言《しんだいなごん》も左近衛大将も我が子の結婚について一言も口にしてはいないから、尚鳴の妻候補と決まったわけでもないのだが。

「こんな悪意に満ちた嘘はとうてい許せないことです。お願いします。どうぞ粥杖を盗んだ犯人を捜して、弁がなにもしていないことを明らかにしてください」

怒りで顔を上気させる玖珠子に、なだめるように嵩那が言った。

「中の君。尚侍の君は噂のことをこの時までご存じありませんでした。いましがた私の口から聞いて、はじめて耳にされたそうです」

「なれど内裏女房の間で広まった噂であれば、その責は私にございます」

潔《いさぎよ》く言うと、伊子は深々と頭を下げた。

「無責任な噂でそちらの女房君を傷つけ、中の君のご気分を害してしまったことは言い訳のしようがありません。尚侍《ないしのかみ》として心よりお詫び申し上げます」

よほど思いがけない対応だったのだろう。先刻の剣幕はどこへやら。玖珠子はぽかんと立ち尽くしていた。母親のような年齢の伊子から、ここまでしっかりとした謝罪をされて度肝《どぎも》を抜かれたのかもしれない。

言葉のない玖珠子に代わるよう、彼女の背後から弁が飛び出してきた。

「お顔をお上げください、尚侍様」

見ると当事者であるはずの弁は、ひどく恐縮した顔をしている。中臈《ちゅうろう》の立場にある彼女からすれば、上臈《じょうろう》で左大臣の娘という立場の伊子に頭を下げさせるなど、とんでもない非礼であったのだろう。

「どうかお気になさらないでください。もちろん、誓って私はなにもしておりません。されど状況を考えれば私が疑われてしまうのはしかたがないことと承知しております」

どうやらひどく立腹していたのは、家臣を貶《おとし》められた玖珠子のほうで、宮仕えの経験がある弁にはこの手の騒動は想定内であったようだ。

「ですから中の君様も、どうぞお気を静めて——」

「それはちがいます」

伊子は弁の言葉をさえぎった。

「弁の君。万が一あなたが犯人だったとしても、こたびの問題はそこではありません。真偽が分からぬまま憶測だけで無責任な噂を広げる、それこそが邪悪なのです」

毅然と告げたあと、伊子は玖珠子を見た。

「無責任な噂を広げたことにかんしては、女房達を厳しく叱責《しっせき》しておきます。なれど粥杖の行方《ゆくえ》にかんしては厨の者がうっかりという可能性もあります。実は心当たりがないわけでございませぬ」

「!?」

「必ずお調べいたしますので、もうしばらく事を荒立てないでいただけますか」

「……わ、分かりました」

思いがけないほどかしこまって対応されたからか、玖珠子は打って変わったようにしどろもどろに了承する。

十二歳らしい幼さに優しい眼差《まなざ》しをくれると、伊子は一番の被害者である弁にと視線を動かす。その先で弁は、口許を押さえて悲鳴を呑《の》みこんだような顔をしていた。

二剋《こく》（約一時間）もしないうちに、真相は明らかになった。

粥杖を捨てたのは厨女《くりやめ》の阿古夜。かつて弁が可愛《かわい》がっていた少女である。

「申しわけありません。本当にごめんなさい」

額を床に擦りつけんばかりにして、阿古夜は謝罪の言葉を繰り返した。淡縹《うすはなだ》色の粗末な小袖《こそで》に包まれた小さな肩ががくがくと震えている。

この娘の身分を考えれば、承香殿に呼び寄せられただけでも緊張することにちがいなかった。そのうえ簀子《すのこ》ではなく廂《ひさし》に入るように言われたのだから、鬼に食われるような覚悟であったのかもしれない。

そんなところに御簾《みす》内の伊子から威厳を持って問い詰められれば、ごまかす術《すべ》などあるはずもないのだった。

阿古夜よりも少し母屋《もや》に近い場所に座った弁と嵩那は、揃って困惑していた。

いっぽう伊子はといえば、自分の推察があまりにもどんぴしゃだったので怒るよりもむしろ得意な気持ちになってしまっている。

（私、けっこうすごくない？）

女宮との対決が苦戦続きで、実はこのところ自信を失いかけていたが、これで少し自信を取り戻せそうだ。

「姫様、いい加減になにか言ってあげないと可哀想《かわいそう》ですよ」

そう千草にささやかれて、ようやくはっとする。

そうだった。伊子が許さないかぎり、阿古夜はずっと額をつけたままなのだ。手柄に浮かれている場合ではないと反省する。

「もういいから、顔をお上げなさい」

口調を和《やわ》らげて言うと、阿古夜はそろそろと顔をあげた。ここぞとばかりに弁が口を挟む。

「阿古夜、はっきりおっしゃいなさい。あなたは私のために粥杖を隠したのでしょう」

「弁の君様……」

「分かっているのよ。子ができぬ私が粥杖を渡されたら、色々とからかわれると思ったのでしょう。私に気を遣わなくても良いから正直に言いなさい」

弁に他意はなかったのだろうが、彼女のこの言葉は伊子には少し堪《こた》えた。

そのような悪意のある言葉を最初に吐いたのは藤少納言だが、それを意地悪く、面白おかしく広げたのは後宮の女達だ。個々の人格を完全に管理することなどできるわけもないが、つまりこの騒動は伊子の統制不足も一因にあるのだ。

そこから伊子は、少し前の自分の発言を思いだす。

――無責任な噂《うわさ》を広げたことにかんしては、女房達を厳しく叱責しておきます。

――なれど粥杖の行方にかんしては厨の者がうっかりという可能性もあります。

伊子が敢えて『厨の者』と強調したことで、弁はすぐにぴんと来たようだった。やはり聡い女人だ。そして犯人に心当たりがあると言って、彼女は阿古夜を呼び出したのだ。

これは伊子にとって予想外の動きであった。

朝の段階で厨の者が関与していることは薄々感じていたが、弁と紐付けてはいなかったので、とうぜん阿古夜のことなど思い浮かべてもいなかったのだ。

だがそのおかげで、いまひとつ釈然としなかった動機に合点《がてん》がいった。

弁の説得に、阿古夜は喉《のど》の奥を震わせた。

「べ、弁の君様。あ、あたしは……」

「尚侍の君様。子どものしたことです。なにより私をあわれに思っての行いです。どうぞ寛大なご処分をお願いします」

そう言って弁は、端女《はしため》のために深々と頭を下げた。その姿に伊子は胸を衝《つ》かれる。

まったく容姿も性格も頭も良いだなんて、こんな女人反則過ぎる。嵩那との関係がなければ大好きな人なのに、恋敵《こいがたき》だと思うと人として優れた姿が腹立たしいことこのうえない。しかもぐっとではなく、ちょっとだけ若いというのがよけいに腹が立つ。

「大君《おおいきみ》」

もやもやと考えているところに、嵩那が呼びかけた。

「私からもお願いします。誰かを騙《だま》すつもりだったとか、欲得があっての行いではありませぬ。ここは大目に見てさしあげてもよろしいのでは――」

嵩那の言い分にかんしては、伊子もおおむね同意である。だというのに弁を庇《かば》っての言葉に、理屈とはまったくかけ離れた不快感を覚えてしまう自分の狭量さが嫌になる。

「姫様、顔が怖いですよ」

ふたたび千草にささやかれ、伊子は頰《ほお》に手を添える。だがすぐに、御簾がおりているのだから無理して表情を取りつくろうこともあるまいと開き直る。

「阿古夜」

伊子の呼びかけに、少女は大きく肩を揺らした。そのつもりはなかったが、けっこう不機嫌な声だったのかもしれない。それでなくとも尚侍《ないしのかみ》など、厨女からすれば雲の上の存在である。

（いけない、いけない）

やはり表情を和らげないと、優しい声は出てこないものらしい。強張《こわば》った筋肉をほぐすように、伊子は頬を緩く叩く。

「もうひとつ言っていないことがあるでしょう」

え？ と間の抜けた声をあげたのは、嵩那と弁だった。彼ら、とくに弁にとっては予想外の展開だったのだろう。

「尚侍の君様、それはどういう……」

弁の問いを無視して、伊子は阿古夜の姿を凝視した。御簾を隔《へだ》てても、ひどくおびえている気配が伝わってくる。

「阿古夜、どういうことなの？」

たまりかねた弁は、阿古夜のそばにいざりよる。

阿古夜は瘧《おこり》に罹《かか》った人のようにがたがたと身を震わせていた。

「べ、弁の君様。あたし……」

「まだ隠していることがあるのなら、正直におっしゃいなさい。謝るのはそのあとでしょう」

弁の口調は少し厳しいものとなったが、それは慈愛《じあい》に満ちたものだった。しかも言い分がしごく真っ当だった。事の次第にはよるが、隠し事をしたまま謝られても誠実さは伝わらない。

（やっぱり素敵な女人《ひと》だ）

しみじみと伊子は思った。

恋敵に対して好意が反感を上回るとは、まことに困った次第である。

まだ真相を告白できずに震える阿古夜に、伊子は再度言った。

「だってこんな仕業《しわざ》どう考えたって、あなた一人の責任ではないでしょう」

そこで伊子は大きく息を吐いた。

「心配せずとも厳しく処するつもりはありません。どうやら主上《おかみ》への供御は問題がなかったようですから」

嵩那と弁の君はますます混乱したようだ。二人は揃って御簾向こうの伊子を見て、廂にひれ伏す阿古夜にと視線を移し、最後に目を見合わせた。

「すみません！」

ついに阿古夜は声をあげた。観念したと見え、これまでとは打って変わってはっきりとした謝罪だった。

「そうです。主上に差し上げた粥に問題はありません。ですが女房の皆様に召しあがっていただいた粥は――」

「七種《ななくさ》ではなく、六種《ろくくさ》だったのでしょう」

そんな言葉があるのかどうかは知らぬが、意図は伝わったようだ。阿古夜は鼻をすりながらこくりとうなずいた。

「はあ？」

嵩那と弁、そして今度は傍らにいた千草も揃って驚きの声をあげた。

「姫様、なんですかそれは？」

「言った通りよ。私達が食した七種粥には、六種類しか穀物《こくもつ》が入っていなかったの。おそらくだけど葟子《みの》がね」

七種粥をかきまぜたときに違和感に気付いたことは、我ながらあっぱれだと思った。

実は左大臣家でも、小豆粥《あずきがゆ》ではないきちんとした七種粥を毎年作っている。伊子の身分では小豆はともかく、稗《ひえ》や粟《あわ》など普段はまず食さない。だからこそ物珍しかった。そのうえ昔から愛読していた例の説話集に、それらの雑穀名がたびたび出てきていた。

それゆえ伊子はいつのころからか、七種粥を食するたびに他の五つの雑穀を意識するようになっていたのだ。

だからこそ粥の中に葟子が入っていないことに気付いたのだった。少し塩辛く感じたのは、そのあたりも理由であったのかもしれない。

「その通りです」

はっきりと阿古夜は認めた。もはや泣き出す寸前である。

理解が追いついていないのは、千草も含めた他の三人である。特に弁などは、なにをどう言ったらよいのか分からず、ひどく混乱しているのが御簾越しにも明らかだった。それはそうだ。弁の君が阿古夜を庇ったのは、自分が蔑《さげす》まれることを危惧《きぐ》して彼女が粥杖《かゆづえ》を隠したと思っていたからだ。だがそれが勘違いだったとしたら、ここまでの自分の発言をどう収めたものか分からなくもなるだろう。

「阿古夜、いったい……」

「弁の君。あなたのためであることは、間違いないのです」

伊子は口調を和《やわ》らげた。弁と阿古夜に対する同情はあるが、なにより事態が解決に向かいそうなことに安堵《あんど》していた。

「七種粥の穀物が六種類しかない。それはもはや七種粥ではない。よってその粥杖でいくら尻を叩いたところでどうにもならないと思ったのでしょう」

伊子の説明に弁が、あ、と声をあげた。千草もようやく合点がいった顔になった。

「もしかして、それで粥杖を隠したのか!?」

嵩那の問いに大きくうなずくと、阿古夜はついにぼろぼろと涙をこぼした。

つまり阿古夜は、効能のない粥杖が弁の君に渡ることを危ぶんでこんなことをしでかしたのだ。幼さゆえに迷信を鵜呑《うの》みにしていたのか、あるいは石女と謗《そし》られた弁に、迷信だと分かっていてもそのようなものを渡したくなかったのか。

なんらかの手違いで、女房達の七種粥の中に葟子が入らなかった。おそらくだが故意ではないだろう。禄《ろく》として価値のある米ならともかく、葟子などくすねてもさほどの価値はない。

ただこの刻限に至るまでに報告がなかったのだから、厨はそれを隠蔽《いんぺい》しようとした。それは質《たち》が悪い。そんな大したことではないのだから、正直に言えばよいのにと腹立たしくもある。なぜなら官衙《かんが》で提供される粥には小豆しか入っていないのだ。必ずしも七種を揃えなくてはならぬというものでもないのだろう。

もちろん帝に奉《たてまつ》る供御は別である。もっとも帝に御膳《おもの》を提供する内膳司《うちのかしはでのつかさ》の官吏《かんり》ともあろう者は、最初からそんなヘマはやらかさないだろう。女官達への食事を作る厨だから、そんな気のゆるみも起きる。

そして厨長が隠す腹積もりなら、下っ端の阿古夜がとやかく言えることはなかった。しかし六種類の粥から作った粥杖が弁の君に渡るのはなんとしても妨げたい。

それゆえ、こんな行動に至ったのだ。

ともかく厨長は叱責《しっせき》をしておかなければならない。菫子の入れ忘れではなく、失態を隠《いん》蔽《ぺい》しようとしたことが問題である。自分が直に言うわけにはいかぬから、下の者を使って注意をさせよう。

阿古夜には同情の余地がある。先ほど本人にも言ったが、彼女にかんしては今回は大目に見てやろう。等々今後の処分について、頭の中で伊子は検討《けんとう》する。

「馬鹿な娘ね、本当に」

しくしくと泣きじゃくる阿古夜を、慰めるように弁は言った。

阿古夜は喉《のど》を詰まらせ、弁を見上げた。

「だって藤少納言様が、あんなひどいことを……」

厨にも評判になるほど広がっているのかと、伊子は眉《まゆ》をひそめた。いっそのこと懲罰《ちょうばつ》として、厨長に藤少納言の膳にセンブリかドクダミでも入れるように言ってやろうかと、半ば本気で思った。センブリは鬼のように苦く、ドクダミは緩和剤としての効き目があるので飲むとけっこうな下痢になる。

昨年治部少輔《じぶしょう》に汚物が入った桶を踏み抜かせるという仕返しを決行して以降、どうも考えることに容赦《ようしゃ》がなくなったと自分でも思う。

御簾のむこうで、弁が阿古夜に優しく話しかけている。

「そんな気は遣わなくてもいいの。私はあんな人のことはもうどうとも思っていないのだから」

そこで弁は言葉をいったん言葉を切り、ひどく華やいだ声で言った。

「だって私には、他に想う方がいるのだから」

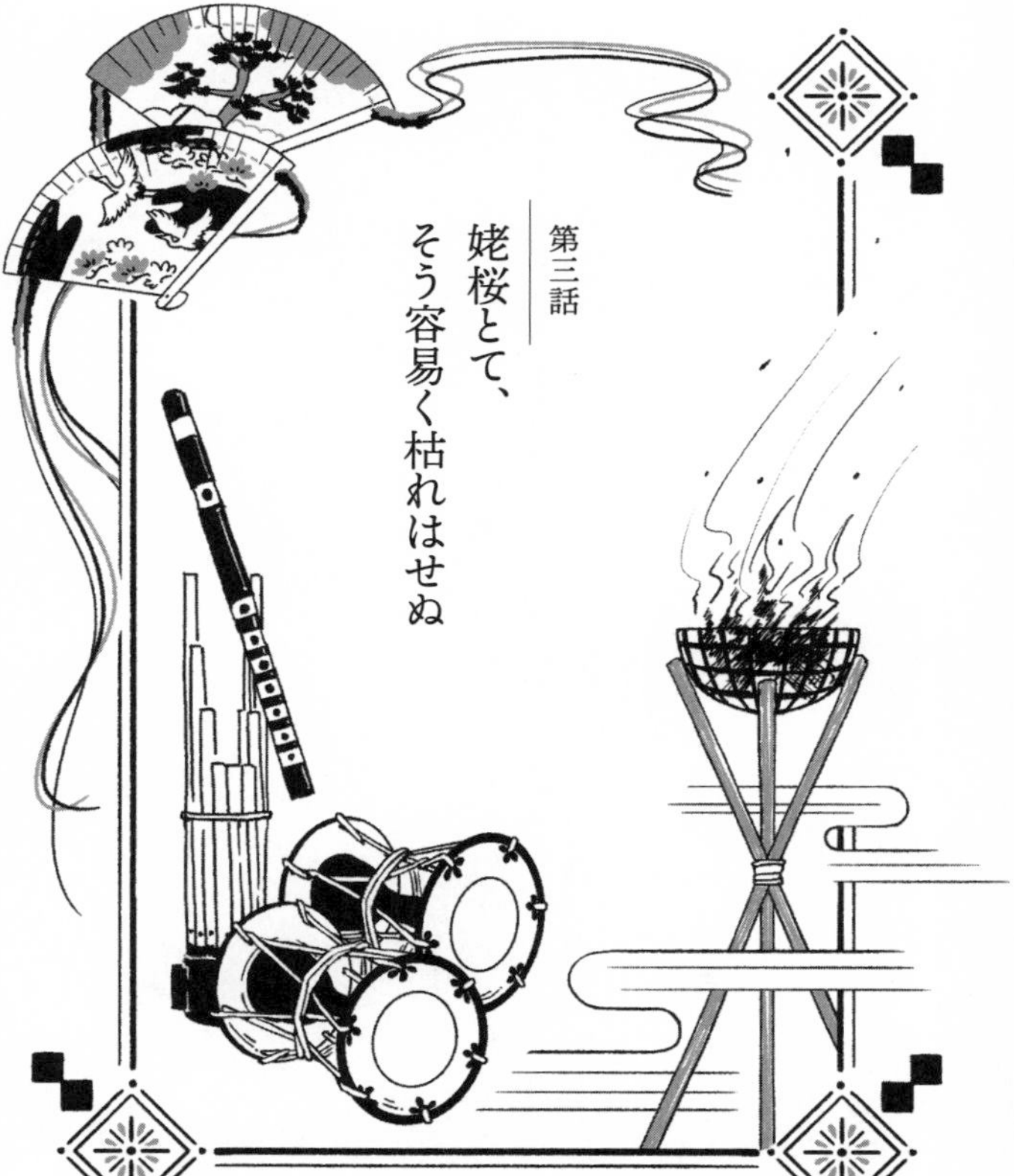

第三話
姥桜とて、そう容易く枯れはせぬ

「いや、あれは恋しい相手を見る目ではないですよ」

歯が浮くような嵩那《たかふゆ》の言い分に、どこのいかさま師かと伊子《かのこ》は閉口した。

——だって私には、他に想う方がいるのだから。

さすがにこの発言を見過ごすわけにはいかないと思い、弁《べん》と阿古夜《あこや》が出ていったあと嵩那を問い詰めた。弁の君があなたを籠絡《ろうらく》しようとしているという噂《うわさ》をいったいどう思っているのかと率直《そっちょく》に訊いたのだ。

その答えがこれである。

確かに弁はなにくれと誘いをかけてくるが、それは玖珠子《くすこ》の命を受けて女房としての務めを果たしただけのこと。自分を見る彼女の目から艶《つや》めいたものはいっさい感じられない。ゆえに弁が言う〝想う方〟が自分である可能性は皆無であると嵩那は言うのだった。

とことんまで主観的な判断の説得力は、とうぜんながらまったくない。

(なにを呑気《のんき》なことを言っているのよ)

御簾《みす》内でぷうっと頬《ほお》を膨らませていると、はたして気配を察したものか、あたかも取りつくろうように嵩那は言った。

「もちろん大君《おおいきみ》が愉快でないのは分かりますよ」

「でしたら私の名はあげられないにしても、恋人がいると弁の君にはっきりおっしゃってくださいな」

「……言い寄られてもいないのにですか？」

確かに。指摘されればおかしな要求である。

嵩那が弁のふるまいを、先ほど彼が言ったように思っているなら、そんな牽制《けんせい》などできるわけがない。迫られてもない相手に「恋人がいるから」と告げるなど、痛々しいにもほどがある。

理屈は分かる。ならば納得するべきだと思うが、感情がついていかない。

むっつりと黙りこんだ伊子に、千草《ちぐさ》が「宮様」と尖った声を出す。そう責められても嵩那も承知できないとみえ、すぐには返事をしなかった。

御簾を挟んだ二人の間に、しばしの沈黙が落ちる。どちらも自分が悪いと思っていないからけして折れない。埒《らち》があかぬ。そんな空気が流れている。

やがて嵩那は息をつき、しかたがないというように言った。

「中《なか》の君は十八日に退出されると聞いております。それに伴《ともな》い弁の君も戻るでしょう。あと三日です。その間にもしも彼女がなにか匂《にお》わせてきましたら、そのときははっきりと私には恋人がいると伝えましょう」

すっきりとはしないが、それが適当な妥協点《だきょうてん》だろう。

嵩那は優しくて柔軟性に富むが、自分が悪くないことでも我慢して折れてくるような人間ではない。それは彼が生き方の基準となる芯を持っているからだ。

それに考えてみれば、伊子とて帝《みかど》の求愛を受けている最中ではないか。勅命《ちょくめい》というやむにやまれぬ状態とはいえ、そのことを嵩那がどう感じるのかを考えれば、彼にばかりとやかく求めるのは一方的過ぎる。

感情的な不満をそういった理屈でなだめて、伊子は気を静めた。

「承知いたしました」

「なればようございました」

過剰《かじょう》に機嫌を取るわけでもなく、かといって怒ったふうもなく嵩那は答えた。

悪いことはしていないのだからとうぜんだ。もちろん機嫌を取ったとしても、逆に怒ったとしても不思議ではない状況だけど、そんな揺るぎを見せないところが嵩那の芯なのだろうと伊子は思い直した。

昨日の御斎会《ごさいえ》最終日に、公卿《くぎょう》達の間でちょっとした騒ぎが起きたのだと伊子が聞かされたのは、嵩那が帰ったあとのことだった。

知らせにきたのは弟の実顕《さねあきら》である。正式な参内《さんだい》ではないので、束帯ではなく冠直衣《かんむりのうし》姿でやってきた。白地に臥蝶丸紋《ふせちょうまるもん》を織りだした衣の裏に、心持ち紅色が残る二藍《ふたあい》をかさねている。二十六歳という年齢にふさわしい、成熟した中にも残る若さが表れた装いだ。裏地における紅の名残《なごり》は年をとるごとに消えてゆき、やがて縹《はなだ》や浅葱《あさぎ》色にと落ちついてゆくものなのだった。

つい先ほどまで嵩那がいた場所に座ると、実顕は話をはじめた。

「まことであれば父上が、姉上の顔を見がてらに報せにうかがうつもりだったのですが」

しかし立てつづけの正月行事に七日間の御斎会と、五十過ぎの顕充《あきみつ》にはさすがに疲弊《ひへい》の色がうかがえたので、強制的に休ませて自分が代わりにきたのだという。

「いったい、なにが起きたのですか？」

父の体調を心配しつつ、伊子は尋ねた。

女人禁制《にょにんきんせい》。しかも大内裏《だいだいり》に造られた大極殿《だいごくでん》で行われる御斎会での騒動は、後宮にはすぐに伝わってこない。しかも同じく御斎会に参加したはずの嵩那からは、先ほど会ったばかりであるにもかかわらず、なにか騒ぎが起きたとは聞かなかった。

「儀式が終わってからのことなので、御斎会自体に影響はなかったのです。実は明日の踏《とう》歌《か》で式部卿宮《しきぶのきょうのみや》様が妓女《ぎじょ》を献上することに、右大臣《うだいじん》が不満を唱えましてね」

実顕の証言に伊子は納得した。なるほど。そういうことであれば、嵩那も自分の口からは言いにくかっただろう。

もとより、こうなることは目に見えていたのだ。妓女の件が公表されてすでに数日が過ぎている。右大臣の性格を考えれば、ここまで文句が出なかったことのほうが奇跡だ。

「右《う》の大臣《おとど》も、よく昨日まで我慢したものだと思うわ」

投げやり気味の伊子の言葉に、実顕も「まことに」と同調した。

不在の東宮《とうぐう》に代わり、嵩那に妓女を献上させたい。

この提案が帝の口からされたとき、驚くほど朝臣《ちようしん》達の賛同者が多かったのは、やはり追儺《ついな》での騒動の影響が大きかったからだろう。加えて彼らの深層にある先帝への反発と、先々帝と高陽院《かやのいん》への義理立ての気持ちがうかがえる一件だった。

もちろん東宮の代わりに妓女を献上したからといって、それが立坊《りつぼう》につながるわけではない。だがこの発案によって臣下達は認識した。来月に桐子《ひさこ》が産むであろう御子以外の有力な東宮候補の存在を。

帝の外祖父という絶対的な権力者の地位を右大臣に与えるより、特定の誰かとの結びつきを持たぬ親王を東宮にしたほうが、自分達にとって好都合ではないかと考える者がではじめる可能性は大いにある。

しかし右大臣からすれば、とうてい納得できるはずもない。しかも嵩那を説得したのが天敵の新大納言《しんだいなごん》となれば、これが必ず立坊につながるわけではないと分かっていても、皮肉の一つぐらいは言いたくなるだろう。

そしてこれを切っ掛けに、またもや右大臣と新大納言がいがみあったのだという。

まったくあの二人の険悪さは筋金入《すじがねい》りだ。これではいつかつかみ合いの喧嘩《けんか》になるのではないかと伊子は危惧《きぐ》した。

「それで、どうなったのですか？」

「周りの者がなだめて静めました。ただ頭に血が上った右大臣が、式部卿宮様にまで恨みめいた言葉をぶつけましたので、左大将や式部大輔《しきぶのだゆう》（式部省次官）などの日頃宮様と親しくしている者達が激高してしまいまして、またそこに新大納言が加勢してあわや大騒動になるところでした」

厳粛《げんしゅく》な御斎会のあとに、月卿《げっけい》や雲客《うんかく》ともあろう方々がいったいなにをやっているのかという呆《あき》れた気持ちはあるが、それよりも嵩那が右大臣から恨み言を言われたというのが気になった。

「右大臣は、宮様になんと言ったのですか？」

「いつもと同じ嫌みですよ。先々帝も草場の陰でお喜びでしょうと」

いかにも右大臣らしい、見事なまでに捻《ひね》りのない嫌みだ。これが新大納言だったら、もっと相手の心を抉《えぐ》るえげつない皮肉を言っただろう。右大臣が言った程度の皮肉は、嵩那であれば聞き流すことができるものだ。しかし彼の周りが聞き逃せなかったことで今回の騒動となったわけだ。

実顕はさらに話をつづける。

「特に左大将がご立腹で、逆に宮様からなだめられる有様でした。雲客達などはこれがきっかけで左大将が新大納言側につくのではと噂しております。なにしろ左大将は、蛍草蔵人《ほたるぐさくろうど》を娘婿にという右大臣と新大納言の要求をかねてより保留にしていましたでしょう。腹いせに新大納言の話を受け入れるのではと……」

そうなったとしたら、右大臣は痛恨の極《きわ》みにちがいない。左近衛大将は今上《きんじょう》の伯父《おじ》で人望も厚い。公卿《くぎょう》としては、ぜひとも自分の味方につけたい人物である。それをこんな馬鹿げた理由でふいにしてしまったとしたら悔《く》やんでも悔やみきれない。

とはいえ――。

「それはどうかしら」

伊子は言った。

「左大将の思惑がどうであれ、当の蛍草殿があの調子ですもの。左大将のお人柄から、わが子に結婚を無理強《じ》いするような真似《まね》はなさらないでしょうし」

「なれど新大納言の中の君は、非情に優れた姫君だと公達《きんだち》達の間でも評判です。ですから実際に会ってみれば、蛍草蔵人の気持ちも変わるやもしれませぬよ。現に主上《おかみ》はずいぶんとお気に召したようで、中の君をたいそう称賛しておられたではありませんか。あるいは主上から勧められれば、蛍草蔵人も少しは興味を持つやもしれません」

なるほど、それはあるやもしれぬと伊子も思った。

あの尚鳴《なおなり》が母親以外の異性に容易に興味を持つとは思えないが、玖珠子を哀れんだ帝の説得という線はありうる。

「というか殿方《あなた》達の間では、中の君の参内《さんだい》の目的は蛍草殿になってしまっているの？」

「入内《じゆだい》ではないのなら、それしかないだろうと評判ですよ」

あっさりと実顕は認めた。年ごろの娘を持つ貴族にとって、尚鳴はまさに理想的な婿がねである。うら若く、容姿、家柄、才能と全てに優れ、なにより帝のお気に入りというこれ以上ないほどの出世材料を備えている。

しかし当の本人は、なかなか結婚に興味を示さない。父親たる左近衛大将も、積極的に動く気配はない。

痺《しび》れを切らした新大納言は、玖珠子を直接尚鳴に会わせることを考えた。最初は興味がなくとも、会いさえすれば必ず気に入る。父親として玖珠子という娘に絶対の自信を持っているからこそ考えついた強気な手段である。

なるほど。とつぜんの玖珠子の参内には、そんな意図があったというわけか。

しかし尚鳴の難物ぶりが予想以上で、会うこと自体を拒まれてしまったというのは新大納言にとって大誤算だっただろう。同じ殿舎で、弁がたびたび嵩那を呼び出しているのとはずいぶんと対照的である。

（要するに姫君は螢草殿で、女房は宮様狙いというわけなのね）

新大納言家の今回の参内の目的が、公式に当てはめたようにはっきりとした。

玖珠子はともかく弁の目的は不快であるはずなのに、あまりにもそれが明快すぎて、滑《こっ》稽《けい》ささえこみ上げてきて伊子は思わず笑ってしまった。

この日の帝の夕餉《ゆうげ》に尚鳴が同席した。彼が台盤《だいばん》を行う（帝から飲食を賜《たまわ》ること）ことは頻繁《ひんぱん》で、しかも朝餉《あさがれい》の間でむきあっての食事だから、それだけで帝の気に入りようが分かるというものだった。

「そうですね。夏はやはり鮎でございましょう。焼きたてを丸ごとかぶりつくのはまさに天下一の妙味にございます」

昨年まで市井《しせい》に近い家で暮らしていた尚鳴は、御所暮らしの帝には到底知りようもない庶民《しょみん》の細やかな生活をいきいきと語る。その生い立ちのわりに礼儀作法がしっかりしているのは、ひとえに勾当内侍《こうとうのないし》の教育の賜物《たまもの》であろう。

陪膳役としていつもの通り伺候《しこう》していた伊子は、帝が尚鳴を気に入っている理由のひとつに、このように庶民《しょみん》の暮らしに精通している部分があるのかもしれないと思った。なにしろ幼少時、伊子が読み聞かせた民間の説話集にもあれほど目を輝かせていたのだから。

「ところがさような話をいたしましたら、女房の若狭《わかさ》殿に笑われました」

おどけたように尚鳴は言った。若狭とは大嘗祭《おおなめさい》で舞姫を務めた沙良《さら》のことである。舞姫のすり替えという大きな秘密を共有しているからなのか、二人はいまでも親しくしているようだ。

「笑う？　それはいったいなぜ」

「海の幸《さち》を知らず魚を語るなど、片腹痛いと言われました。若狭は良い漁場でございますから、頻繁に食していたようです。特に脂《あぶら》がのった夏の鯵《あじ》の塩焼きは最高だと申しておりました」

内陸の都で新鮮な海の幸を味わうことは不可能だから、父親の若狭赴任《ふにん》に伴《ともな》ったときの経験だろう。それにしても猪肉の待宵《まつよい》といい、受領《ずりよう》の娘達は都生活では経験できない豊富な食生活を経験しているものだ。

少年達はとりとめもない話をしながら食事を進め、やがて何気ないように帝が言った。

「そういえば、新大納言の姫君からの招待を断ったそうだね」

なぜここで訊くのか首を傾《かし》げる間合いだが、尚鳴に悪びれた様子はなかった。

「はい。せっかくのご招待ですが、このところ笛の稽古《けいこ》で忙しくしておりますのでお断りいたしました。仕上がりは上々です。踏歌節会《とうかのせちえ》のさいは主上に最上の音をお聴かせすることをお約束します」

胸を叩いた尚鳴に、帝は合点《がてん》がいった顔をする。

「国栖奏《くずのそう》か」

「はい。大嘗祭のときは私も迂闊《うかつ》でございましたが、今回は大歌所《おほうたどころ》の笛師にきちんと教えを請うております」

などと口では殊勝《しゆしよう》に言いながら、尚鳴の目は自信に満ち溢《あふ》れている。

国栖奏とは、大嘗祭や節会に演奏される大和《やまと》地方の曲である。元々はその地方に住む部族が参内《さんだい》して披露していたのだが、いまでは宮中の奏者達が奏でている。国栖というのはその部族の名称である。

大嘗祭で五節舞《ごせちまい》を笛で奏したいと願い出た尚鳴を、帝は大歌所の立場があるといって退けたのだ。大歌所とは神楽《かぐら》や催馬楽《さいばら》等の大和歌を掌《つかさど》るところである。

もともと雅楽《ががく》を担《にな》う楽所の伶人《れいじん》であった尚鳴にとって、本来であれば五節舞のような大和歌は門外だ。しかしこの天才奏者と称される少年であれば易々とこなしてしまう可能性が高く、そうなると大歌所の立場が無くなってしまう。

それを慮《おもんぱか》った帝の考えを理解した尚鳴は、今回は自ら教えを請うことで大歌所の面目を保ったのである。

玖珠子の誘いを子供っぽくむげにしたものと思いこんでいたが、尚鳴には彼なりに理由があったらしい。あれほどに優れた奏者なのだから、そんな必死で稽古をせずともという のは凡人の考えなのだろう。

「笛師の教えはとても興味深かったです。大和歌というのも面白いものですね」

踏歌への意気込みを熱っぽく語る尚鳴から、帝はそっと視線をそらして伊子を見た。そうして気まずげな表情でひょいと肩をすくめたのだった。

翌日十六日の夜、踏歌節会が催された。

紫宸殿《ししんでん》に帝が出御し、王卿《おうけい》達は額《がく》の間に入った。追儺《ついな》のときは簀子《すのこ》にいたが、今回は室内に席を得ている。それ以下の臣下達も各々の座に着く。

妃である茈子《さいこ》は帝の右側に着き、その彼女の横に玖珠子が座っている。

少女達の細長《ほそなが》は、茈子は赤の表に二藍《ふたあい》の裏をあわせた赤色のかさね。藍色が軽妙な印象で、子供らしい快活さが残る色合いだ。いっぽうの玖珠子は紅梅と濃紅梅を表裏にした今様色のかさね。こちらはこれから咲き初めようという年頃の娘にふさわしい、若々しく垢《あか》抜《ぬ》けた装いだった。

少女達は二人でこそこそとささやきあい、茈子などは時折声をあげてしまって乳母に叱られている。さすがに十二歳の玖珠子にそれはなく、にこにことして茈子の話に相槌《あいづち》を打つに留めている。

伊子も帝に比較的近い定位置に座を得て、勾当内侍等とともに控える。

南庭《だんてい》には篝火《かがりび》があちこちで焚《た》かれており、左近《さこん》の桜と右近《うこん》の橘《たちばな》の先に一面に敷き詰められた白砂を幽玄《ゆうげん》に照らし出している。

臣下たちに御膳が供され、一献目の杯が高位の者から順にまわされる。

次いでどこからか、軽やかな笛の音が流れてきた。

目をむけると真向いの承明門《しょうめいもん》に、緋色《ひいろ》の束帯をつけた尚鳴が立っていた。彼は笛を吹きながら南庭を真っすぐに進んできた。一面に敷き詰めた白砂を踏みながらも、なぜか足音は響かせず、不思議なほど軽やかである。時折爆《は》ぜる篝火が、ほっそりとした少年の麗姿《れいし》を仄暗《ほのぐら》い中にくっきりと浮かびあがらせる。

紫宸殿との距離を詰めた尚鳴は、ついに南階の真下で立ち止まった。

「姫様、あの御方が蛍草蔵人《ほたるぐさくろうど》様です」

但馬《たじま》が玖珠子にささやいたのを、伊子は聞き逃さなかった。距離的にもはっきりと見ることは厳しいだろうが、それでも姿形が良いのは十分に分かる。演奏の素晴らしさは言うまでもない。

相変わらず卓越した、それでもいつもの雅楽とはちがう趣《おもむき》を持つ音色に聴衆達は耳を傾ける。

深緑が鬱蒼《うっそう》と生い茂った草木に覆われた、険しい吉野《よしの》の山道を抜けた先に在るのは国栖の郷。吉野川の清冽な流れに恵まれたこの閑静《かんせい》な地に、逃げ延びてきた皇太弟とその一族。静かだった郷はにわかにざわつき、朝廷の争いに巻きこまれてゆく。

近江軍《ちょうてい》との対決、そして勝利。歓喜する吉野の人々。皇太弟は飛鳥《あすか》の地にて即位をし天武の帝と名乗られる。それ以降、国栖の人々はおりにつけ上京し、帝に自分達の歌舞を献上した。

（国栖の奏って、確かそういう謂《いわ》れだったわよね）

古《いにしえ》の光景が目の前に浮かぶような気持ちにさえなる演奏だ。臣下達の中には杯を回すのを忘れて聴き入ってしまい、隣人に注意される者までいるほどだ。

紫宸殿にいる老若男女《ろうにやくなんによ》全員を、古の時代絵巻に引きこんで尚鳴の演奏は終わった。

「いや、天晴《あつぱ》れと言うべきでしょうな」

公卿《くぎよう》の一人が唸《うな》った。周りの朝臣《ちようしん》達も口々に同意する。

「左大将、ご子息の腕はますます冴えておられませぬか」

「いやいや。まだ未熟者ですよ」

などと口では謙遜《けんそん》しているが、左近衛大将も誇らしさを隠しきれていない。大嘗祭の舞姫騒動では笑い者になっただけに面目躍如《めんもくやくじよ》というところだろうか。もっともあれは十五歳の若さがしたことと、大人たちの間では微笑《ほほえ》ましく語られている部分もあるのだが。

「蛍草、見事であった」

帝が直々に称賛の言葉をかける。尚鳴にとっては珍しいことでもないが、それでも帝の寵臣《ちようしん》としての誉《ほま》れであるのはまちがいない。若い娘を持つ貴族からすれば、まさしく垂涎《すいぜん》物《もの》の婿がねである。

額の間の女房達の間にも、次々にため息が伝播《でんぱ》している。

「いかがですか、姫様。蛍草蔵人様の素晴らしいことと言ったら、光源氏《ひかるげんじ》もかくやというものでございましょう」

顎《あご》の下で両手を組み、但馬はうっとりとしている。しかし同意を求められた玖珠子はといえば「そうね」などと素っ気なく返しただけであった。そのあともなにも聞かなかったかのように、茈子とひそひそ話を重ねている。

その反応を見て、伊子は思った。

誘いを断られたことに、玖珠子はかなりすねているのではないだろうかと。

次いで帝から酒を賜《たまわ》ったことが朝臣達に伝えられ、二献目の杯が回される。三献目は伶人達の奏楽を聴きながらで、これにて三献の儀が終わる。

次はいよいよ女踏歌《おんなとうか》である。

掃部寮《かもんりよう》の官吏《かんり》により、南庭の中央に妓女《ぎじよ》のための筵道《えんどう》が造られる。白砂の上に輪を描くように筵《むしろ》を敷いてゆく。

準備ができるとふたたび楽が奏でられ、西側にある校書殿《きようしよでん》の内門から二人の楽前大夫《がくぜんのたゆう》に導かれて妓女達が参入する。古式ゆかしく髪を上げて唐衣裳《からぎぬも》をまとった妓女は、その数四十人。右手に檜扇《ひおうぎ》。左手には畳紙《たとうがみ》をかざしている。

紫宸殿に灯った明かりと庭の篝火の双方に照らされた幽玄な空間を、その数の美姫達が衣をひきつつしずしずと進むさまは夢のように麗しい光景だった。

四十人の列はさすがに長く、先頭の妓女が南庭の中ほどまで出てきた頃に、ようやく最後尾の妓女が姿を見せた。

にわかに公卿達の間にざわめきが広がる。

「あの者が、式部卿宮様《しきぶのきょうのみやさま》が献上なされた妓女ですか」

一人の公卿が、誰にとなく尋ねた。

実は嵩那が献上した妓女が最後尾につくことは、あらかじめ周知されていたのだ。なにしろ晦日《みそか》の日になって急に言われたのだから、優れた妓女など準備できるはずもない。日頃から鍛錬を重ねている内教坊《ないきょうぼう》の妓女達の後ろについて、彼女達の真似《まね》をするのが精いっぱいだ。

さればこそ伊子は自分が準備しようかと申し出たのだが、嵩那には断られた。新大納言《しんだいなごん》の申し出は言わずもがなである。借り云々《うんぬん》もあるが、この状況下で新大納言との繋《つな》がりなど見せれば、右大臣がなにを言ってくるか分からない。

（懸命な判断だけど、妓女は災難よね）

こんな大役をほとんど練習期間もなく任せられたのだ。普通に考えてうまくやり遂《お》せるはずがない。しかも他の妓女達はみな内教坊の同僚で日頃から稽古を共にして息もあっているだろうから、一人だけ浮いてしまう可能性は大だった。

　そんな苦労など露知らず、公卿達は好き勝手に語りつづける。

「なるほど。なかなかの美形のようですな」

「上背《うわぜい》があるのも、踏歌では映えますな」

　注目の的となることは、最初から分かっていた。だというのに、なにゆえ嵩那は自分の妓女が最後尾につくと知らせたのだろう？　知らせなければ詮索がてら他の妓女にも視線が分散したはずなのに、これではどうあっても彼女一人に注目が集まってしまう。嵩那の意図が分からず、伊子は首を傾《かし》げていた。

　妓女達は筵道を進む。楽にあわせて地面を踏み鳴らし、調子をとって歌を歌う。いまのところ嵩那の妓女はそつなくこなしている。

（頑張って！）

　顔合わせをしたこともない妓女を、はらはらとして伊子は見守る。いっぽう御簾《みす》際に座る嵩那の表情にこれといった変化はない。

　大きく円を描きながら進む妓女達の列は、南階段の真下付近にとさしかかる。殿舎に対して一番間近の位置である。最後尾の妓女がそこに達したとき、朝臣達は揃って身を乗り出した。他の三十九人にはなかったことだった。

額の間でさえこの調子なのだから、庭にいる者達の視線はものすごいだろう。南階の脇や簀子の下にも幾人かの官吏達が控えている。十八段にもなる階段があるだけに、紫宸殿の床は非常に高くなっているのだ。

そんな中、嵩那の妓女は動じることなく地を踏み、南階の前を通り過ぎていった。公卿達は静まり返って、妓女の後ろ姿を見送っていた。

「これはお見事な」

真っ先に声をあげたのは新大納言だった。しかし周りにいた公卿達の反応は鈍い。空言《そらごと》ではなかったが、経緯を考えるとわざとらしさが拭えない発言だった。もちろん右大臣への気配りもあるだろう。

ところがである。

「まことである」

上機嫌な声は帝のものであった。

「稽古の期間も短かったであろうに、さようなことは露ほども感じさせない見事な立ち居振る舞いであった」

この帝の言葉に額の間にいた公卿達は、あたかも雨後《うご》の筍《たけのこ》のように次々に称賛の言葉を口にしはじめた。

「さすが二品親王様《にほんしんのう》がお選びになられた妓女だけはある」

「舞うことに慣れた内教坊の妓女達の中でも、貫禄《かんろく》すらありましたな」

「なんといっても品がある。内側から照り輝く、まさしく衣通姫《そとおりひめ》のようではないか」

清々しいほどの露骨さである。三献を終えて、公卿達もほろ酔い気分になっていたのだろう。まだ踏歌は終わっていないのに、すでに絶賛の嵐とは。そこまではなくとも額の間にいた者は極めて好意的である。たった一人、右大臣をのぞいて——。

右大臣は露骨に苦々しい顔をして、空《から》になった杯を弄《もてあそ》んでいた。ちらちらと嵩那に目をくれては彼を睨《にら》みつけている。来月の娘の出産を前に、本来であれば一番ちやほやされている時期なのに、よもやこんな伏兵が現れるとは想像もしていなかっただろう。

伊子は額を押さえた。

（このうえお父様に内覧の宣旨《せんじ》が下されたら、いったいどうなることか……）

帝は正月の行事が一段落してからと考えているようだが、これも時期を過《あやま》てば大変な騒ぎになりかねない。もちろん左大臣家《さだいじん》にとっては、この上ない吉事で名誉であることにまちがいはないが。

「宮様。あのように優れた者を、いったいいかようにして——」

嵩那の間近にいた公卿が言い終わらないうち、その騒動は起きた。

多数の妓女達が円を描きつつ進む踏歌は、歩幅や速度により先頭と最後尾の者が交差しかけることがある。

そしていま、南庭《だんてい》の妓女達がそうなりかけていた。

状況にもよるが、一般的には後ろの者が留まって先頭の者を見送るべきだ。先頭の者が止まっては後続も影響が出てしまうからだ。

ところが嵩那が献上した妓女は、足を緩めることなく突き進んだ。必然先頭の妓女が足を緩めざるを得なくなる。

それでもそこまでなら、まだ笑い話で済ませられた。

なにを勘違いしたのか嵩那の妓女は、先頭を行く妓女の前に滑りこんでしまったのだ。

一瞬それが演出なのかと疑うほど、しごく自然に。

そうして最後尾にいたはずの彼女は、妓女達の先頭に立って律儀《りちぎ》に地面を踏み鳴らしながら、校書殿への内門の奥にと入って行ってしまった。

なんとも形容しがたい空気が額の間に流れた。おそらく南庭も同じようなものだろう。

あまりにも自然過ぎて、みな自分のほうが勘違いしているのではと疑っている。

「あれは、間違いに気付いていたのでしょうか？」

ぼそりと勾当内侍《こうとうのないし》が言ったが、伊子もなんとも言えなかった。仮に気付いていたとしても、あそこは最後まで突き通すしかなかっただろう。気づかずにそのまま押し通していたのなら、それはかえって幸いだったのかもしれない。

真っ先に弾んだ声をあげたのは右大臣だった。

「いや、これはなかなか見事な余興ですな」

触発されたように公卿達も笑い、しかも御簾外の官吏達にまでその笑いが広がる。あっという間に紫宸殿は大爆笑に包まれた。特に右大臣は腹を抱えて笑っている。本当に楽しそうに見えるところが、この人らしくていっそ清々しい。対照的に新大納言は歯噛《はが》みをせんばかりに悔《くや》し気である。

困惑した面持《おもも》ちの帝を一瞥《いちべつ》すると、伊子は嵩那のほうにと目をむけた。彼は口許《くちもと》に笏《しやく》をあてて俯《うつむ》いていた。一見気恥ずかし気に見える所作《しよさ》ではあったが、その口端がほくそ笑むように上がっているのを伊子はばっちりと目に焼き付けた。

「宮様！」

伊子の呼びかけに、嵩那は足を止めた。

踏歌が終わるやいなや、そのあとの饗宴《きようえん》を無視して嵩那は立ち上がった。王卿《おうけい》達は宴のあと帝に拝舞をしなければならないのだが、人々は踏歌の失敗で気まずいのだろうと見ないふりをしていた。

しかし伊子は彼を追いかけた。裏手にある階《きざはし》を下りて外に出られてしまってはどうにもならなかったが、幸いなことに渡殿《わたどの》で彼の後ろ姿を見つけた。清涼殿《せいりようでん》を経由して嵩那の直盧《じきろ》がある梨壺《なしつぼ》にと通じる渡殿である。

笏で口許を覆い、澄ましてたたずむ嵩那のもとに近づき伊子は言った。

「わざとですよね」

単刀直入《たんとうちよくにゆう》な伊子の問いに最初こそ白々しく構えていた嵩那だったが、すぐに堪えきれなくなったとみえてぷっと噴き出した。

「ええ、あまりにもうまくやり遂せてくれたので驚きましたよ」

やはり、と思いながらも伊子は文句らしき言葉を口にした。

「可哀想《かわいそう》に。あの娘はとうぶん都で笑い者ですよ」

「それは大丈夫です。なにせ住吉《すみよし》の妓女ですから。二、三日都見物をしたら戻ると言っていましたので」

「住吉!?」

「ええ。和泉守《いずみのかみ》は赴任《ふにん》のさいに口利《くちき》きをしてやったので、急な依頼でしたがふたつ返事で承諾《しょうだく》してくれました。美しいほうがもちろんいいが、なにより肝《きも》が据わった聡明な娘をという要求をしっかり呑《の》んでくれたようですね」

得意げに嵩那は語る。確かに帝の御前であれだけの失敗を故意にやらかして、堂々と引き下がれるのは並大抵の度胸ではない。しかも都ではなく住吉の者とあれば、あとあと露見する可能性も低い。

「褒美《ほうび》はたっぷりと持たせますよ。あの仕事ぶりに加え、住吉から足労させたことを勘案しても絹を何疋《ひき》ぐらい与えたら良いでしょうね」

「私の袿《うちき》もあげてくださいな」

笑いながら伊子は言った。古着というと聞こえは悪いが、身分の高い者の衣は質が良いので、一度手を通したものでも立派な財となる。配下の者に禄《ろく》として下げ渡されることも一般的だった。

嵩那はこくりとうなずき、あらためて言った。

「これで右大臣も、少しは収まるでしょう」

伊子は苦笑した。嵩那の妓女が失敗したときの、右大臣の驚喜したさまを思いだす。本当に分かりやすい人で、かえって憎めない。

それにしても、さじ加減が難しい。

今回の嵩那の東宮《とうぐう》業務代行は、先々帝と高陽院《かやのいん》の魂を慰めるために行われたことだ。これで朝臣《ちょうしん》達の先帝に対する不満が治まるのなら、この先に起こりうるやもしれぬ〝嵩那を東宮に〟という声は抑えられるだろう。しかしここであまり華々しい活躍をしてしまっては、これほど優れた方なのだからぜひとも東宮にとなりかねない。

そうなることを勘案したうえでの、今回の失敗工作だったというわけだ。

斯《か》くも対立があからさまとなっては、新大納言《しんだいなごん》はどうあっても桐子が産んだ子を東宮に据えることを阻《はば》もうとするだろう。自分の娘が入内《じゅだい》して男児をもうけ、右大臣と同じ条件で戦えるようになるまでは、嵩那という新しい東宮候補を全面に推し出して牽制《けんせい》するつもりにちがいない。

要するに新大納言にとって嵩那は、自分の娘が皇子を産むまでの〝つなぎ〟なのだ。なんともまあ自分の都合ばかりのやり口かと心底腹立たしくなる。

「うまく立ち回るしかありません」

ぽつりと嵩那は言った。

「それしか術《すべ》がないのなら致し方ありませんが、できるのなら立坊《りつぼう》はしたくありませんからね」

消極的な嵩那の本音は、皇族の男でなければ分からないものだろうと伊子は思った。

二人は無言で見つめあい、やがて目配せをするようにうなずきあった。

とつぜん、周りに衣擦《きぬず》れと賑《にぎ》やかな足音が響いた。いや、とつぜんではない。言うまでもなく饗宴《きょうえん》の開催で、御所全体がずっと賑やかしかったから、むしろ伊子がそれを認識したというべきであったのだろう。

こちらにむかって渡殿を歩いてきていたのは、茈子と玖珠子だった。彼女達の周りには互いの乳母《めのと》と少数の女房が付き従っていた。その中にはとうぜんながら弁はいた。女踏歌《おんなとうか》の夜の彼女の唐衣《からぎぬ》は、季節を先取りした壺菫《つぼすみれ》のかさねだった。紫紺《しこん》の表に淡青《うすあお》の裏という彩りは、春の訪れを告げる菫の花そのものを表している。

「叔父様！」

嵩那の姿に、あいかわらず無邪気に茈子が声をあげる。その少し後ろで玖珠子が恥ずかしそうに顔を伏せていた。伊子と嵩那が立ち話をしているのは日常茶飯事《さはんじ》なので、茈子はもちろん弘徽殿《こきでん》の女房達も怪しむ素振りはない。

嵩那は重苦し気だった表情をさっと切り替え、気さくに言った。

「どうなされた、女御。弘徽殿はもう通り過ぎたでしょう」

「今晩は中の君のお部屋に泊めてもらうのです」

喜びを隠しきれないといわんばかりの茈子の横で、玖珠子も顔を輝かせてうなずく。

嵩那がなにか訊く前に、弁が言った。

「姫様は明日の射礼が終われば御邸にお戻りになられますので、今宵《こよい》は御所でお過ごしになる最後の夜になります」

嵩那は弁を一瞥《いちべつ》すると、二人の少女を交互に見比べた。

「なるほど、それで今宵は共に過ごそうというわけですか？」

茈子達は目を見合わせながら大きくうなずいた。

いま嵩那は直接茈子達に問いかけることで、弁と口を利《き》くことを巧妙に避けた。これはやはり先日の文句が利いているのだろう。

彼が伊子の不平をきちんと受け止めてくれたことは嬉しいが、そうなると今度は自分が子供じみた焼きもちを露わにしたような気分にもなる。

（勝手なものね……）

嵩那の横顔をしみじみと眺めていると、ふと視線を感じた。気がつくと玖珠子が伊子に視線をくれている。

目があうと、玖珠子は色づいて膨らみはじめた蕾《つぼみ》のように清ら気な笑顔を浮かべた。

「尚侍《かん》の君様には、大変お世話になりました」

はきはきと玖珠子は言った。とつぜんのことに虚をつかれたが、すぐに落ちつきを取り戻して伊子は返答する。

「いいえ。たいしたお世話もできませんでしたが、中の君様の朗《ほが》らかさはまことに御所を明るくしてくれました。是非《ぜひ》ともまた遊びにきてくださいね」

無難な言葉ではあったが、姉の大姫も含めた入内の噂《うわさ》を考えるとちと微妙な発言だったかと危ぶんだ。

「ありがとうございます」

幸いにして玖珠子は屈託なく返してくる。それで伊子が安心したとき、不意をつくように弁が言った。

「実は明日、ちょっとしたお礼の膳をお出ししようと考えているのです。お二方にはたいそうお世話になりましたゆえ、少しで構いませぬからお顔を出していただくわけにはまいりませぬでしょうか」

急過ぎる提案に、伊子も嵩那もとっさの返事に窮《きゅう》してしまう。あたかもその隙《すき》をつくかのように但馬までが口を挟んでくる。

「蛍草蔵人《ほたるぐさくろうど》様にも、是非にとお声をお掛けしました。これほど華やいだ方々がご臨席くだされば、姫様にとっても良き想い出になることと存じます」

国栖奏《くずのそう》を聞いていたときの情熱をそのままに、但馬は熱く語った。あのときの玖珠子はやや白けたふうではあったが、いまのところ乳母の言動を嫌がる素振りはない。

どう返事をしたものかと悩む伊子に、周りに聞こえぬような声で嵩那がささやく。

「どうなさいますか？」

彼の意図はすぐに察した。どうするか、伊子が決めろと訴えているのだ。

確かに伊子は、弁の嵩那に対する行動を疑った。その抗議を嵩那は、多少の理屈をつけつつも受け入れた。ゆえに弁からの誘いであれば嵩那は断る。しかしこれは彼女の口を借りた玖珠子の誘いで、しかも伊子と嵩那の二人が誘われている。自分では判断しかねるゆえ、どうするのかは伊子が決めろという主張には理がある。

伊子は頭を切り替えた。誘いをかけたのが弁というのは気にくわないが、ここで玖珠子の誘いを断る理由はなにひとつない。というか十二歳の子供の善意を、彼女とは関係のない焼きもちから袖《そで》にするなどあまりにも大人げない。

膝を屈めると、伊子は檜扇《ひおうぎ》の上から玖珠子と視線をあわせた。

「ありがとう。私も宮様も喜んでご招待をお受けいたしますわ」

ここで敢《あ》えて嵩那の名を出したのは、弁だけではなく実は彼に対する発破かけでもあった。嵩那は弁の意中は自分ではないように言っていたが、彼女の態度からはとてもそう思えなかった。

要するに〝ほだされるなよ〟という牽制《けんせい》だ。

弁は伊子と嵩那の関係を知らない。だから彼女には、伊子を挑発するつもりは毛頭《もうとう》ないのだろう。分かってはいてもやはり不快で、それゆえこんな匂《にお》わせぶりな真似《まね》をしてしまった。

あんのじょう弁は訝《いぶか》し気な顔をしたが、素知らぬふりで伊子が姿勢を戻したときだ。

「中の君」

高欄《こうらん》の下から呼びかけてきたのは、右衛門大尉こと藤大尉だった。手にした紙燭《しそく》が引き締まった頬《ほお》に、緌《おいかけ》の影を海星《ひとで》のように映しだしている。

「お兄様」

玖珠子は親し気に呼び掛けた。実頭の部下でもあるこの凛々《りり》しい青年が、新大納言の従弟《いとこ》になることを伊子は思いだした。確かに年齢的に小父様《おじさま》では気の毒だ。

藤大尉は中の君に微笑《ほほえ》みをくれたあと、今度は戸惑いがちに高欄向こうの面々を見渡した。伊子に対してもそうだが、なんといっても帝の妃である茈子をどう見て良いのか迷っているのだろう。

通常では帝の妃たるもの、移動のときでも几帳《きちょう》で周りを囲って姿を見せないようにするものだ。身内でもない男が姿を見るなど不敬《ふけい》だが、いかんせん本人が九つの童女で御所中を走り回っているので、こちらが過剰《かじょう》に反応するのもわざとらしい。

「お兄様、どうなされたの？」

玖珠子の問いに、藤大尉は落ちつきを取り戻した。

「ああ、明日の迎えは射礼が終わってから参ると伝えにきたのですよ」

そこで彼はいったん言葉を切り、左手に下げていた手提げ籠《かご》をひょいと持ち上げた。形よくひねって油で揚げた唐菓子《からくだもの》が山盛りになっていた。

「こちらは亜槐《あかい》（この場合は新大納言のこと）様からの差し入れです。女御様と一緒に召しあがってくださいとのことです」

身分的なこともあり、藤大尉は一回り下の玖珠子にも丁寧《ていねい》な物言いをしている。

それにしてもあの新大納言も、どうやら娘には甘い父親であるらしい。まあ玖珠子のように優れた娘なら、たいていの父親はそうなるだろうけれど。

玖珠子と茈子は同時に歓声をあげる。高欄越しに手提げ籠を差し出した藤大尉に弁が近づこうとしたが、その前に一番間近にいた嵩那が気をきかせて受け取ってやった。そのさい藤大尉はなにかごにょごにょと言っていた。おそらく礼の類《たぐい》だろうが、伊子にはよく聞こえなかった。

藤大尉は一礼して立ち去っていった。

「すみませぬ。宮様のお手を煩《わずら》わせて」

近づいてきた弁が愛想よく言った。そつなく嵩那は手渡したが、これといった言葉を彼女にはかけなかった。まちがいなく自分を気遣っての態度だと思うが、特別素っ気なくも見えないところが嵩那のうまいところだ。

あんのじょう弁は気にしたふうもなく籠を受け取ると「明日を楽しみにしております」と言って嵩那と伊子の顔を交互に見た。なんらかの挑発であったのか、単純に気のせいなのかよく分からない。

玖珠子達が麗景殿《れいけいでん》のほうに向かったのを見送り、嵩那が苦笑交じりに言った。

「藤大尉にまで嫌みを言われましたよ」

「!?」

「無理をせずに、新大納言に任せたほうがよかったですね、と」

なにかごにょごにょ言っていると思ったら、そんなことだったとは。

妓女《ぎじょ》の件であることは瞭然だった。嵩那が狙って失敗させたとは誰も思っていないだろうが、単純に後押しをした新大納言の顔に泥を塗る結果になった。従弟という縁の深い立場にある藤大尉からすると、文句のひとつでも言いたくなるだろう。

それでも伊子にとっては意外な行為であった。

「弟の部下で、とても印象のよい青年でしたが……」

「良い人間でも生きていたら、一度や二度ぐらい嫌みは言いますよ」

気にもかけていないというふうに嵩那は言った。

翌朝。身支度《みじたく》を済ませた伊子が千草を従えて清涼殿に向かっていると、渡殿《わたどの》で尚鳴に出くわした。宿直装束《とのい》に寝ぼけ眼《まなこ》をこすりつつの稚《いとけな》さを残す姿に、そういえば昨夜は彼が上《うえ》臥《ぶ》し（宿直）であったことを思いだした。

「おはようございます、尚侍の君」

まだ距離があるというのに、随分向こうから尚鳴は声を張り上げた。檜扇の内側で伊子は表情を和ませた。溌剌《はつらつ》とした若々しい挨拶《あいさつ》に、元気をおすそ分けしてもらった気持ちにさえなる。

「おはようございます、蛍草殿。お勤めご苦労様でございました」

「ありがとうございます。いまから直盧《じきろ》で一休みしてから帰ります」

嵩那は梨壺に直盧を得ているが、大方の公卿《くぎょう》の直盧は桐壺に置かれている。ということは父・左近衛大将の直盧を使わせてもらうつもりなのだろう。もちろん、それはいっこうに構わないのだが。

「帰る？」

確か但馬が、彼を宴に招待したと言っていたはずだが。訝《いぶか》しく思う伊子の後ろから千草が尋ねた。

「麗景殿のほうから、なにかお知らせがございませんでしたか？」

「ああ、あれなら断りましたよ」

あっけらかんと答えた尚鳴に、伊子はぽかんとなった。しかもこの反応からすると、かけらの気まずさも覚えていないようである。

——個人的なことを言えば、蛍草の周りの目を気にしないあの気性は好ましいのだがな。

先日の帝の言葉を思いだす。世間の機嫌を取らずにすむのは若さゆえか、それとも天才奏者として孤高の道を歩いてきた人間の特性なのか。

にしても二回連続断られたとなれば、さすがに玖珠子も傷つくだろう。もちろん一方的な誘いだから、尚鳴が無理をしてまで付きあう義理も義務もない。しかし彼を婿がねと考えていた新大納言は、さぞや気分を害するにちがいない。そうなると父親の左近衛大将の立場がなくなるのではないか、等々気をもみつつ伊子は尋ねた。

「断るとは、なにか用事でもございましたか？」

「いえ。ですが宿直明けですし、まあ気も進みませんし――」

「……」

「それに笛の稽古《けいこ》もしたいのです。主上《おかみ》に国風歌舞《くにぶりのうたまい》をお聴かせするとお約束したものですから」

意気込みを露わにして尚鳴は言った。

国風歌舞とは上代の歌舞で、雅楽《ががく》が伝わる前からこの国で奏されていた古曲である。按《あん》ずるに昨日の国栖奏《くずのそう》がよほど帝のお気に召したのか、あるいは尚鳴がこれまでと違う音楽に目覚めたのか、どちらかなのだろう。にしても玖珠子の気持ちを考えれば、せめて少しだけでも顔を出してやってはくれまいかと伊子は思ったのだが――。

「私の笛で、少しでも主上をお慰めできれば僥倖《ぎようこう》というものです」

きらきらと目を輝かせる尚鳴を見ると、なにも言えなくなる。

年頃の公達が帝のために高貴な姫君からの誘いを断るなど、行動だけ聞けば忠臣の鑑《かがみ》ではないか。そうだ。尚鳴の行動は蔵人としてけして間違ってはいない。

とはいえ――伊子と千草は顔を見合わせた。玖珠子の気持ち、父・左近衛大将と新大納言の関係を考えたのなら、もう少し穏やかな対応もありそうではないか。少年の紅顔にがっくりと肩を落としたくなる。

「ところで、尚侍の君《かん》様！」

　やけに威勢のよい呼びかけに、伊子も千草も軽くひるみかける。尚鳴は物事をはっきり言う性質《たち》ではあるが、特別元気がよい少年ではなかった。

「な、なんでしょう？」

「あなたさまにずっとお伝えしたいと思っていて、今日まで言うことが叶わなかったことがあるのです」

「はあ……」

「追儺《ついな》のときに帝をお支えなされた尚侍の君様の御英姿。この蛍草、大変に感銘《かんめい》を受けました」

　想像すらしなかった尚鳴の称賛に、伊子は呆気《あっけ》にとられる。そもそも勇ましく立派な姿を指す〝英姿〟という単語は女人《にょにん》にはあまり使わない。尚鳴はそのあたりにはまったく気付いていないようで、さらに昂揚《こうよう》したように力強く指を握りしめる。

「あのときの尚侍の君様の毅然《きぜん》としたお姿を拝して、私は思いました。ああ、これはお主上が御心をお寄せになるのも至極《しごく》当然だと」

「――はい!?」

「私も尚侍の君様を見習って、滅私奉公《めっしほうこう》でお仕えしてゆく所存でございます。これからも末永く、ともに主上をお支えしてまいりましょう」

そう言って尚鳴はぐいっと詰め寄ってきた。檜扇を通り越して、痛いほどの視線を感じる。ものすごい同調圧力に、ほとんど強制的に頷《うなず》かせられてしまう。

そのあとも尚鳴は宿直明けとは思えぬ勢いで一方的に献身のありようについて盛りあがり、朝から伊子をどっと疲れさせたのだった。

（こっちが宿直をしたみたい……）

尚鳴が立ち去ったあとも、伊子は額をつけてしばらく丸柱にもたれていた。これからが一日のはじまりだというのに、この途方もない疲労感では今日一日が思いやられる。

「姫様、大丈夫ですか？」

見かねた千草に話しかけられ、伊子はようやく顔を上げた。

千草は上目遣いに視線をそらし、気まずげに言った。

「姫様が辞官を願い出たことを、蛍草《ほたるぐさ》の君はご存じないですからね」

「……」

伊子は、そろりと柱から離れて姿勢を戻した。

（そうだった……）

不思議なことに尚鳴と千草の言葉で、それまで心のどこかでかすかに燻《くすぶ》りつづけていた思いが鮮明になった。

帝から辞官の件を言われたとき、結婚が仕事を止めることにつながるのだと改めて思い知らされた。

あのときはっきりと分かった。

自分は御所を辞したくない。つまりは、尚侍《ないしのかみ》の仕事を続けたいのだと。

だからこそ帝から辞官を認めぬと言われたとき、反発と同時にあきらかな安堵《あんど》があったのだ。

自らの意思で嵩那を選んでおきながらのこの願望を、伊子は不思議なほど矛盾《むじゅん》したものとは思わなかった。あるいは我がままかもしれぬが、裏切りとは思わない。なぜなら伊子の中で、それら二つは共存できるものであったからだ。ただその思いを告げたとき、嵩那がどんな顔をするのかは想像できなかったのだが。

肩の力を抜くように、伊子は深く息を吐いた。

背中にわずかな熱を感じた。振りかえると軒端《のきば》の下から、初春のまだ弱々しい朝の日差しが流れるようにそそいでいた。東の空にのぼりはじめた黄金色のまばゆい太陽は、巨大な殿舎に隠れて見ることはできないけれど。

――これからも末永く、ともに主上をお支えしてまいりましょう。

先ほどの尚鳴の言葉がよみがえる。

その言葉は伊子の心を鼓舞し、心の奥深くにあった迷いを見事に打ち払った。

藤大尉が参加すると言っていた射礼《じゃらい》は、例年建礼門前の広場で行われる。年度によっては帝が行幸《ぎょうこう》し、そうなると王卿《おうけい》に雲客《うんかく》達も参加をするので一大行事となるのだが、今年は六衛府《ろくえふ》の武官だけの参加なので後宮にはさしたる影響はなかった。それよりも明日行われる賭弓《のりゆみ》のほうが、文字通り賭物《かけもの》が出るので盛り上がる。

「中の君も、どうせならそちらまでご覧になられて退出なされたら宜《よろ》しいのに」

「そんなことになったら、弁の君の滞在も長引くじゃないですか」

麗景殿にむかう途中、何気ないようにつぶやいた伊子を千草は叱りつけた。

もっともな指摘である。いくら嵩那にその気はなくとも、ああも露骨に迫っている弁を見ることは愉快ではない。中の君の退出に伴《ともな》って弁が退けば、そんな光景を見ることもなくなる。

「そうだったわね。今日限りの我慢だわ」

軒端の下から差し込む日差しは西に動き、東側に影を長くのばしていた。

招待はされたものの、仕事が一段落してからではどうしても午後になってしまう。そう説明すると、ならば申《さる》の刻あたりでということになった。

帝に事情を説明すると、なんとも言えない表情で「蛍草の分まで賑《にぎ》やかにしてやってくれ」と言われた。尚鳴がこの件を帝にどう説明したのか、なんとなく分かった気がした。

「結局中の君は、蛍草殿と一度も会わないまま戻ることになったのね」

「婚姻どころか新大納言《しんだいなごん》を怒らせる結果になりかねませんよ。左大将様は、さぞ気まずいことでしょうね」

「ああ、それは大丈夫みたいよ」

さらりと伊子が言うと、千草はきょとんとなった。

「なぜですか？」

「勾当内侍《こうとうのないし》から聞いた話なのだけれど――」

そこで伊子は声をひそめた。

実は左近衛大将は、相手に関係なく息子の結婚にまったく乗り気ではなかったのだ。

右大臣と対立したことで、すわ新大納言につくかという雰囲気《ふんいき》になってしまったが、左近衛大将としてはこれはまったく不本意な次第で、本音を言えばどちらにつくつもりもないのだという。だからこれで新大納言との仲が多少険悪になっても、右大臣との釣り合いを考えればちょうどよいというぐらいの気持ちでいたのだという。

もちろん尚鳴が玖珠子を気に入ったとなれば、それは反対をするつもりはない。玖珠子の優れた評判を聞けば、年頃の少年が興味を示すことはなんの不思議もない。しかしそうなったら少し面倒だなと悩んでいたところで尚鳴のあの反応だったので、父親としてはかえってほっとしたぐらいであったのだという。

「そうだったのですか」

話を聞き終えた千草は納得顔をした。

「勾当内侍としては、結婚はともかく年頃の姫君にもう少し興味を持って欲しいように言っていたのだけれどね」

「そりゃあ、そうですよね」

千草は笑いを堪《こら》えていた。同じ年ごろの息子を持つ彼女だが、さすがに勾当内侍の悩みには共感できないようだった。千草の十五歳になる長男は、近頃では左大臣家に出入りしている花売りの娘がどうにも気になっているようだという話である。

「だとしたら中の君は、少々お気の毒ですよね。おそらく父親の意向で、蛍草の君の興味を惹《ひ》こうとなされたのですから。自分に魅力がないのでは、などと自信喪失したりしなければよいのですが」

「それは大丈夫でしょう。姫君にかんしては主上も称賛なされておられたし、おかげで他の公達《きんだち》も興味津々《しんしん》らしいわよ」

そこで伊子はいったん言葉を切り、あらためて言った。

「そもそもそこまで本人が、蛍草殿を意識していたようには見えなかったもの。どちらかというと女房達のほうが必死だった気がするわ」

「そうですね。特に乳母君などは、ことあるごとに蛍草蔵人様の名を口にしていましたものね。あれはかなり狙いを定めていたと思いますよ。さすがにここまで蔑《ないがし》ろにされればもう諦めたでしょうけれど」

面白そうに語る千草に、伊子は女踏歌《おんなとうか》の夜のことを思いだした。

国栖奏《くずのそう》を披露した尚鳴に、玖珠子はなかなか冷ややかな眼差《まなざ》しをくれていた。但馬は懸命に盛り上げようとしていたが、若干《じゃっかん》空回り気味であった印象は否《いな》めなかった。だとしたらあの段階で、玖珠子の気持ちは相当冷めていたのではないだろうか。

(まあ片方ばかりが執着しているよりは、ずっといいけど)

叶わぬ恋にいつまでも執着していると、しまいには歪《いびつ》な感情を引き起こしかねない。

つらつらと話をしながら渡殿《わたどの》を進み、承香殿《しょうきょうでん》を右手に通り過ぎ、やがて左手に麗景殿の殿舎が見えてきた。そこでとつぜん千草の足が止まった。

「どうしたの？」

釣られるように足を止めた伊子は、千草の視線の先にある光景に眉《まゆ》を寄せた。麗景殿の簀子《すのこ》で、嵩那と弁がむきあっていた。方向的に横顔を伊子達に見せる形になっている。なにを話しているのかなど分からないが、少なくともはしゃぎあっているようには見えない。

「姫様、かまうことはありません。参りましょう」

けしかけるように千草が言った。もちろん最初からそうするつもりである。伊子はさらに足を進めた。

「御遠慮《ごえんりよ》などなさらず、どうぞ三条《さんじよう》の御邸にもお越しくださいませ」

ここにきて聞こえてきた弁の陽気な声にかちんとする。三条は新大納言の本宅がある場所。すなわち弁の仕え先だ。要するに玖珠子が御所を退いたあとは、そちらを訪ねてこいと誘っているのだ。

（これで下心がないと言われて、誰が信じるのよ！）

事情を知らない弁に伊子を蔑ろにするつもりはないから、むしろ嵩那の呑気《のんき》な態度に腹が立つ。恋をしている者の目ではないなどと、なにを観相師《かんそうし》のようなことを言っているのか。

「姫様、参りましょう」

千草の耳打ちにうなずくと、伊子は檜扇《ひおうぎ》の内側で唇をきゅっと結んだ。そうしてふたたび歩み出そうとしたせつなであった。

「っ！」

伊子は息を呑《の》んだ。危うく悲鳴をあげるところだった。千草もぎょっとなり、すぐに伊子をかばうように前に立ちふさがる。

渡殿の柱と前栽《せんざい》の陰に隠れるように、男が背をむけてしゃがみこんでいた。身を低くして、嵩那と弁の君を高欄《こうらん》越しに見上げている。

「そこの者、いったいなにをしているのです！」

千草が問うまで、男は伊子達に気づかなかったようだ。衝《つ》かれたようにびくりと背中を揺らし、こちらを振り返った。

藤大尉であった。

こんな怪しい真似《まね》をしているのに、緑の袍《ほう》に綏《おいかけ》の付いた冠という官服姿である。

「か、尚《かん》侍の君」

上官の姉に挙動不審を見られた藤大尉は、露骨に慌てふためいた。男前であるだけにかえって格好が悪い。状況的に嵩那か弁の君のどちらかを、あるいは二人を盗み見していたことになるのだろうけれど。

（なぜ、そんなことを？）

好青年という印象しかなかっただけに、衝撃がすごい。

いや、ひょっとして本家筋の新大納言が絡んでやしないか？　そういえば妓女《ぎじょ》の件で藤大尉に嫌みを言われたと嵩那も言っていた。そのあたりが関連しているのか。それとももっと単純に、藤大尉が弁の君に横恋慕《よこれんぼ》でもしていたのか等々、わずかな時間にさまざまな可能性が思い浮かぶ。

「まあ、尚侍の君様」

声をあげたのは弁だった。いつのまにか二人ともこちらを向いている。

弁は伊子達から壺庭《つぼにわ》の藤大尉にと視線を動かし、目を円くした。

いっぽう嵩那は、藤大尉よりもむしろ伊子達に対して驚いた顔をしていた。彼のその反応に、伊子は少しばかりむっとなった。

（私はこの人のように、盗み見をしていたわけではないわよ）

つんと視線をそらして藤大尉をにらむと、凜々《りり》しい身体《からだ》を縮こまらせておどおどとしている。ここぞとばかりに強気に千草が問う。

「あなた、そんなところでいったいなにを――」

「大尉、ちょうどよかった」

千草の詰問を遮《さえぎ》り、弁が弾んだ声を上げた。怪訝《けげん》な顔をする伊子と千草の前で、弁はいそいそと藤大尉に近づいて行く。そうして高欄を挟んで、彼の前にしゃがみこんで視線をあわせると、弾けるような笑顔を浮かべて言った。

「あなたのややができたのよ」


今年二十三歳になった藤大尉が、内裏《だいり》に出入りしはじめたのは数年前のことだった。

その当時の弁は、八重咲《やえざき》の酔芙蓉《すいふよう》にも喩《たと》えられるほどの宮中の名花。多くの男達が彼女に憧れ、若き日の藤大尉も例外ではなかった。四歳上のこの女性の姿を渡殿や簀子で目にするたび彼は感嘆のため息をつき、ほのかな憧れをずっと抱きつづけていた。

とはいえ彼女を自分の妻にしたいなどの欲は、彼は持たなかった。なぜならその頃の弁の君は嵩那と恋仲で、あまりにもお似合いの二人に余人が入る隙《すき》などないと誰もが思っていたからだ。

ところが弁はとつぜん少納言の妻となり、宮中を下がってしまった。

嵩那に比べるとだいぶん格は落ちるが、それでも一応五位である。当時は七位でしかも四歳も下の自分が敵《かな》うような相手ではないと特別嫉妬《しっと》もしなかった。もともと自分には手の届かぬ高嶺《たかね》の花という諦観《ていかん》があったのだ。

それから藤大尉は愚直に仕事に励《はげ》み、こつこつと実績を重ねることで世間からも評価を受けるようになってきた。そんな頃、少納言と離婚をしたという弁が新大納言《しんだいなごん》家に仕えはじめたことを知ったのだ。

新大納言家の透渡殿で数年ぶりに彼女の麗姿《れいし》を目にしたとたん、藤大尉の中に長らく忘れていたかつての憧れとときめきが一度によみがえった。それは瞬く間に〝恋〟という、自分でも抑えきれない強い感情に変わっていった。

拙《つたな》いながらも出した文《ふみ》に返事はなかったが、新大納言家を訪ねたときに弁から直接声をかけられた。私は子供ができぬやもしれぬがそれでも良いのかと問われ、迷いなくかまわないと答えた。子はもちろん欲しかったが、子が欲しくて弁の君を好きになったわけではない。

そうして二人は数か月前に恋人関係となった。

「つまり畑ではなく種のほうが悪かったのですね」

恥じらいのかけらもない言葉を、ものすごく楽しそうに千草は言った。

三十路《みそじ》越えとしてはもはや懐かしさすら覚える、藤大尉の純愛話を聞き終えた直後の最初の一言がこれである。さすが離婚歴四回、四人の子持ちの女は言うことがちがう。

「そういうことになりますわね。実はそうではないかと疑ってはいたのですよ。前の夫は他所《よそ》にも幾人か女人を持っておりましたが、その方達も身籠《みごも》ったという話は聞きませんでしたので」

千草に負けず劣らず、弁も楽しそうだ。もしかしたら、どういう形で自分の懐妊を公表して少納言をこらしめてやろうかとわくわくしてるのかもしれない。ちょっと可哀想《かわいそう》な気もするが、彼が弁に与えた侮辱《ぶじょく》がそのまま自分に返ってくるだけの話である。

あの後さすがに予定通り麗景殿を訪ねることはできず、断りを入れてからいったん承香殿に入った。そうして伊子は千草を従えて昼御座《ひるのおまし》に入り、御簾《みす》を隔《へだ》て廂《ひさし》の間には嵩那が、少し下がって藤大尉と弁の君が寄り添いあって座っていた。藤大尉は自分の円座《わろうだ》を弁に譲《ゆず》り、二枚重ねにさせるほどの気の遣いようだ。

「御所は冷える。ともかく屋敷に戻ろう。中の君様には私が宿下がりをお願いする。なにか食べたいものはないか？　ああ、それよりも寒くはないか？」

喜色満面《きしょくまんめん》である。盗み見の現場を伊子達に見つかったときの憔悴《しょうすい》ぶりはどこへやら、二人が恋仲になった経緯を説明しているときとて、懐妊の報せに浮かれて気もそぞろといった調子であった。

げんなりした表情で二人の様子を眺めていた嵩那だったが、嫌み半分呆《あき》れ半分といった調子で訊いた。

「では私と弁の君の復縁を疑って、あんな場所に身を隠して覗《のぞ》いていたのか」

「は、はい。申し訳ございません」

藤大尉は深々と頭を下げた。こうなると妓女の件での嫌みも、新大納言は関係なかったのかもしれない。

「傍目《はため》にもあまりにお似合いだったものですから、つい不安になって……」

「まあ、そんなことを心配していたの」

心外だとばかりに、弁は声を張り上げた。そうして気まずげな顔をする藤大尉の肩を軽く小突いた。

「私はあなたのことをこんなに好きなのに、そんなことを思うなんてほんとお馬鹿さん」

母親が幼子をたしなめる、そんな軽い口調であった。藤大尉は申し訳なさそうに項垂《うなだ》れたが、伊子の目にはのろけているようにしか映らなかった。

人騒がせなと腹立たしくはあるが、この件でもっともとばっちりを受けたのは嵩那であって伊子ではない。恋しい相手を見る目ではない。結果的に彼のあの発言は正しかったのだ。だというのにちょこちょこと嫌みったらしいことを言って嵩那を困らせた。それは確かに伊子が悪いから、この場が治まったらきちんと謝らなくてはならない。

とはいえ、弁が思わせぶりなふるまいをしていたことは事実だ。

それは伊子の思いこみではない。なにしろ千草をはじめとした他の女房達、加えて藤大尉の疑いも招いたのだから。

そのあたりの意図はきちんと追及しておきたい。

「なればなにゆえ宮様を、あのように頻繁《ひんぱん》に麗景殿にお誘いしていたのですか？」

それまで黙っていた伊子のとつぜんの問いに、弁は驚いたように御簾の奥を見た。ひょっとして、いままで忘れられていたのだろうかと思った。

「それは……」

弁は口ごもった。非常に誤解を招く態度ではあるが、嵩那の前で藤大尉にあれほど嬉しそうに懐妊を告げた姿を見れば、さすがに疑う気にはならない。厨女《くりやめ》の阿古夜に言っていた〝他に想う方〟というのも間違いなく藤大尉のことだろう。だというのに何故、嵩那に言い寄るような素振りを繰り返したのか。

「宮様に、麗景殿に来ていただきたかったからです」

答えは単純だったが、意味が分からない。理由が分からないと言うべきか。招待を繰り返していたのだから、そんな意図は誰だって分かる。訊きたいのは下品な言い方だが、自分の局《つぼね》に引き込みたいわけでもないのに、なぜそんなことを思うのかである。

「何度かお訪ねしているはずだが……」

戸惑いがちに嵩那が返すと、弁はしばしの沈思のあと、あたかも開き直ったかのように言った。

「だって、それでは但馬の君に負けてしまいます」

ここにきてのますます意味不明の発言に、伊子と千草は目を見合わせる。御簾向こうの嵩那もさぞ怪訝《けげん》な顔をしているだろう。しかしその中でただ一人、藤大尉だけが「あ!?」と声をあげた。

「まさか、蛍草蔵人《ほたるぐさくろうど》と?」

「ええ、そうよ」

弁の君は大きくうなずいた。

「私は中の君様に、なんとしてもときめいていただきたいの。だってあれほど優れた姫様なのよ。私達がなにもせずともいずれ評判となることは間違いない。だからこそ詰まらない男が寄ってくる前に、最高の婿君を迎えていただきたいのよ」

握りこぶしを作って弁は力説する。ここまでの話を聞いているかぎり、大方の予想通り尚鳴を婿に迎えたがっているのではと思えるのだが。

「それなのに但馬の君ったら、あんな白面郎《はくめんろう》を推すなんて――」

年若く未熟な男を表す〝白面郎〟という言葉に、伊子はようやくぴんと来た。

但馬の君は白面郎――おそらくだが尚鳴を推した。ということは弁はちがう人物を推しているのだ。

「あの、もしかしたら……」

おそるおそる伊子は切り出した。

「弁の君。あなたは宮様を、中の君の婿にと望んでおられるのですか？」

「は⁉」

驚きの声を上げたのは嵩那で、問いかけられた弁は、我が意を得たりとばかりに意気《いき》揚々《ようよう》としてうなずく。

「さようでございます」

「弁の君。そなたいったいなにを――」

「宮様。私のこと、もちろん怒っていらっしゃいますよね。とうぜんです。宮様との別れはたいそう心無いものであったと、いまでも心より反省いたしております」

「いや、別に男女の仲はそういうものでは……それに、そういうことははじめてではないから別に……」

しどろもどろに嵩那は答えた。中の君の婿候補という衝撃からつい口走ったのか、あるいはどさくさまぎれの当てこすりなのか、いずれにしろ心無さすぎる別れ方をしたのは弁より伊子のほうが先だった。

「あのときは妻という座に固執するあまり、つい少納言のようなくだらない男にほだされてしまいましたが、けして宮様に障《さわ》りがあってのことではございませんでした。殿方《とのがた》としての宮様は、お人柄、才覚、お美しさとなんの瑕疵《かし》もございません」

瑕疵はあるだろう。和歌がひどい、そう突っ込みたかったたし、付きあっていたのなら弁の君も知っているはずだ。言わないのは別れた女としての礼儀なのかもしれない。

「なればこそ北《きた》の方《かた》様が頭を痛めておいでの中の君様の婿君候補には、宮様をぜひにと私は推して参ったのです。宮様であれば安心して中の君様をお任せできます。なれど但馬の君は、年も近く家柄も釣りあうというだけの理由で、蛍草蔵人のような白面郎を推してくるのです。しかも他の女房達も但馬の君に賛同した者が多く、形勢は七対三と不利な状況でした。みな、男というものがなにも分かっていないのです。ほんと悔《くや》しいったらありゃしない！」

「それは但馬の君のほうが絶対に正しいぞ」

一人で熱く語りつづける弁に、嵩那は冷ややかに突っこんだ。正直なことを言えば伊子も、嵩那派が三割もいたことが驚きだった。人格、容貌《ようぼう》の問題ではなく、単純に年齢が違いすぎる。伊子と帝をさらに超える十八歳差である。

（ほら、やっぱり男女逆でもおかしいんだって）

そう自分が思えたことに、安堵《あんど》とある種の爽快《そうかい》感があった。

もちろん幾つ年齢差があっても双方が納得しているのなら、世間的にはおかしくても問題ではない。ただ極端な早婚も含めて不自然な年齢の結婚というのは、周りの都合で強制されたものが多いのは本当のところである。金銭的な事情、政治的な問題など理由はさまざまだ。

「新大納言《しんだいなごん》はなんと言っているのだ？」

背景にあるものに気付いたとみえ、弁に問う嵩那の声音《こわね》はだいぶ落ち着きを取り戻していた。

新大納言が嵩那を婿として迎えたいと思っているのなら、それは彼が女宮の策略に一枚嚙むつもりであることを意味している。もっともあくまでも桐子が男児を産んだ場合、その子の東宮擁立《とうぐうようりつ》を避けるための逃げ道で、入内《じゅだい》した大姫が男児を産んだのならとうぜんその子の擁立に焦点を定めてくるのだろうが。

ただし大姫が男児を産めなかった場合、中の君にと期待がかかってくる。そのときは嵩那にはせめて東宮位、叶うのであれば帝位にあってもらわなくてはならない。

「中の君様のご結婚にかんしては、殿（この場合は新大納言のこと）よりも北の方が中心となって差配しておられます。大君様《おおいきみ》の入内は早く決まっておりましたので、年子だけに中の君様の先行きを勘案なされ、宮仕えの経験があるということで、私のような者にもたびたび相談をなされたのです」

「それで私の名を挙げたのか？」

「はい。宮様はきっと素晴らしい御夫君になられると申しあげました」

弁に悪びれた様子は一切なかった。悪意がないのだからとうぜんだ。自分は身分差ゆえに添い遂げられなかったが、新大納言の正嫡《せいちゃく》の娘であれば妻として問題はないと信じて疑っていない。恐ろしいことに、年齢差はまったく気にしていないらしい。

嵩那はがっくりと項垂れ、言葉もない。

「宮様、私が申すのもなんでございますが」

恋人を助太刀《すけだち》するつもりなのか、やけに威勢よく藤大尉が口を挟んだ。

「中の君は、まことに優れた姫君です。妻に迎えてけして後悔《こうかい》することはないと断言できます」

「そなたは若いからな！」

揃って話が通じない妹背《いもせ》に、嵩那は完全に投げやりになっていた。藤大尉と中の君の年齢差は十一歳である。嵩那との十八歳差とでは、兄と父親ほどのちがいがある。源氏の君と紫の上だって、あれで九つしか離れていなかったのだ。

背の君の助け舟に、妹のほうもさらに調子づく。

「確かにまだ幼い姫君ではございますが、長ずればきっと見事な女人にお育ちになるものと存じます」

「いらぬ。私はいまの恋人に十分満足している」

ぴしゃりと嵩那は言い切った。

どきんと胸が鳴った。なんの前触れもなく、とつぜん人前で口づけられたような気がして顔が火照《ほて》る。伊子はしばし恍惚《こうこつ》とし、やがて狼狽《ろうばい》と、それ以上に口許《くちもと》のにやけを抑えるのに懸命になった。

そのとき奥の襖障子《ふすましょうじ》が開き、下がらせていたはずの女房が顔をのぞかせた。千草がいざりよってゆき、耳打ちを受ける。

「あの、麗景殿のほうからお伺《うかが》いがきたそうです」

然《しか》るべき催促《さいそく》である。もともと招待を受けていて、入口間近まで行ったところで事情ができたと言って引き返したのだ。そのときはこんな事態になるとは考えてもいなかったので、また伺いますと答えてしまったのだ。

「私は帰ります」

言うなり嵩那は立ち上がった。弁の君と藤大尉がそろってなにか言ったが、彼は完全に無視して出て行ってしまった。

嵩那が中の君を訪ねずに帰ってしまったのは、弁達に腹を立てたからではなく、結婚に対する断固とした拒絶の意思表示だと伊子が気づいたのは、千草とともに麗景殿の廂《ひさし》の間に通されたあとであった。

殿舎の中はこたびの参内《さんだい》にあわせて伊子が整えさせた室礼の他に、見覚えのない可愛《かわい》らしい調度が何点か置いてある。玖珠子の女房達が持ち込んだ品々であろう。

交流のあった人達が入れ替わり立ち替わり訪れたという西の孫廂《まごびさし》だが、伊子が来た時にはみな帰ってしまっていた。ちなみに茈子は少し前、乳母に促されてしぶしぶ戻ったということだ。

高麗縁《こうらいべり》の畳《たたみ》に座った伊子の前に、唐菓子《からくだもの》と干しくだものを盛った膳が提供される。接待疲れなのか、向きあって座った玖珠子はどことなく元気がなかった。その傍らに控えている但馬などは完全に疲労の色がにじみでている。義理で顔を出しはしたが、これは早めに戻ったほうがよさそうだと伊子は考えた。

「式部卿宮《しきぶのきょうのみや》様がお出でにならない？」

弁の報告に、但馬は不審気な声をあげた。尚鳴推しの彼女からすれば、却《かえ》って好都合だろうに。

どうしようかとしばし悩みはしたが、やはり言っておいたほうがよかろうと伊子は腹をくくった。

「乳母君。お手数ですが、お人払いをお願いできますか？」

とつぜんの要求に但馬は驚いた顔を見せはしたが、それでも察するところがあったのだろう。彼女は伊子の依頼通り、弁以外の女房を引き上げさせた。主人である玖珠子はもちろん残っていた。

「弁の君から婿がねの話を聞きました」

玖珠子も但馬の君もさほど驚いた様子を見せなかった。人払いを乞われた段階で、ある程度予測していたのかもしれない。

「蛍草殿がお誘いを断ったのは、こちらの姫君を厭《いと》うてのことではなく、蔵人として主上《おかみ》にお仕えすることに懸命になりすぎたゆえのことなのです。どうぞ怒らないであげてください」

伊子の弁明に、但馬は困惑の色を隠さなかった。玖珠子はほとんど表情を変えずに黙って伊子の話を聞いている。怒っているというよりは、疲れてふて腐れているようにも見えた。結婚にかんして母親と女房達が中心になって進めているのなら、あんがいこの件にかんして玖珠子に主体性はなかったのかもしれない。

そうは言っても男からこれだけ袖《そで》にされれば、姫としての矜持《きょうじ》は傷つけられる。せめてそれだけでも和《やわ》らげてあげたいと伊子は思った。

「意中の姫君がいるというわけでもないようですし、今回は間が悪かっただけだとお納めください」

自分で口にして、詭弁《きべん》やもしれぬと心が痛んだ。確かに尚鳴に意中の姫はいないようだが、母親には度を越した執着を持っている。それはもしかしたら、意中の姫君がいるより始末が悪いかもしれない。

もっともその件は、すでに但馬の君の耳にも入っているだろう。なにしろ御所中の人間が知っていることなのだから。

一通り話し終えてから、伊子は二人の反応を待った。

但馬は片手を床について身を乗り出し、玖珠子の顔をのぞきこんだ。

「姫様」

呼びかけに、玖珠子は機械的にうなずく。すると但馬はすぐさま姿勢を正した。

「尚侍《かん》の君様。細やかなお心遣いを、ありがとうございます」

深々と一礼してすっと上がった顔は、やけに涼し気だった。

「されど姫様も私もすでに心を決めました。姫様の婿君には、ぜひ式部卿宮様をお迎えしたいと北の方様には申し上げるつもりです」

聞き違えたのかと思った。しかし確かに但馬は言った。嵩那を婿に迎えたいと。

（え？　ど、どういうこと？）

彼女達は尚嗚を推していたはずなのに、いったいなぜ——確かに女側の誘いを二回立て続けに断れば、その気がないと受け止められてもしかたがない。玖珠子への励《はげ》ましと尚嗚の弁明を兼ねて言い諭《さと》したつもりだったが、時はすでに遅しであったのか。

伊子の混乱にはかまわず、但馬はつづけた。

「尚侍の君様が仰《おお》せになられた旨《むね》は、もちろん承知いたしております。蛍草蔵人《ほたるぐさくろうど》様はお勤めに一生懸命で、ご自分の結婚など顧《かえり》みる余裕などない。おそらくですが内親王様を降嫁《こうか》させるというお話をいただかれても、同じことだと思います」

そんなことはない、と言い切れないところが辛い。

しかし嵩那のほうとて、婿とされることを断固として拒否している。その点では興味を全く示さなかった尚鳴よりさらに強固だ。

十八歳も離れた自分を婿に迎えたいなどと、まさかそんなことを企《たくら》んでいるなどと夢にも思っていなかったから気軽に招待を受けていたが、そういう目的があるのなら話は別だとばかりに早々に帰ってしまったではないか。

「ですが但馬の君。宮様には恋人がおいでだそうです」

遠慮《えんりょ》がちに弁が言った。宮様には恋人がおいでだそうです」

「ですが但馬の君」

てまでごり押しするつもりはないようだ。然《さ》もありなん。その気がない嵩那に迫るように仕向けても、尚鳴と同じ結果になることは目に見えている。どうかしたら玖珠子が打ちのめされかねない。

しかし但馬は、鼻息も荒く言った。

「たかが恋人でしょう。こちらは新大納言《しんだいなごん》様の正嫡の姫君ですよ」

かちんとくる言いようではあるが、一夫多妻の世では的《まと》を射ている。

玖珠子の身分であれば、ただの恋人は歯牙《しが》にも掛けない存在だ。弁がそうであったように、一女房程度では二品の親王の妃にはなれない。その恋人が伊子だと知ればさすがに引き下がるだろうが、帝の勅命《ちょくめい》がある状況で公表することはできない。

とはいえこちらもいずれは結婚を考えているのだから、それが公になったとき今度は玖珠子が追いやられる形になってしまう。新大納言の姫と内覧宣旨《せんじ》を受ける予定の左大臣の姫のどちらが優勢かなど歴然としている。

正妻として話を進めたにもかかわらず、とつぜん出てきた新しい女に次妻にと追いやられる。これでは騙《だま》し打ちと同じだ。伊子個人の嫉妬《しっと》や不快は置いておいて、良心に従えば玖珠子が嵩那を選ぶことはなんとしても阻止しなければならない。

しかしどう言ったらよいものなのか、適切な言葉が思い浮かばない。

「宮様は、いまの恋人に十分満足しておられると仰せでした」

伊子の背後から声をあげたのは千草だった。驚いて振り返ると、千草はむすっとしたまま、まるで伊子を煽《あお》るように大きくうなずいた。

嵩那の恋人が伊子であると言えない状況で、彼女なりの反論だったのだろう。気持ちはありがたいが〝たかが恋人〟などと、なかなかの非情な言葉を口にする但馬が相手では、あまり効果がない気もする。

露骨にむっとしている千草に、但馬は怪訝《けげん》な顔をする。まあ彼女の立場からすれば、なにゆえ伊子達がここまで必死に止めようとするのか分からないだろう。

但馬は一度首を傾《かし》げ、場を取りなすように溜息をついた。

「確かに、あの年でも正式な妻を持たずにおられたのですから、そのような方はおいでなのでしょうね」

あんのじょう、恋人の存在を気にしたようすはなかった。

伊子は頭を抱えたくなった。

いっそぶちまけてしまおうか、嵩那の恋人は自分だと。左大臣の大姫である自分が彼の妻となれば、いくら新大納言の姫君でも立場的には太刀打《たちう》ちできないから、嵩那を選ぶのは止めたほうがよいと。

良心の呵責《かしやく》に伊子はいよいよ追い詰められる。

「その恋人とは、あなた様のことでございますか」

あどけなさの残る澄んだ声に、伊子は息を止められた。

あらためて視線を定めると、玖珠子が伊子をじっと見つめていた。ほんのりと色づいた薄紅の桃花のような愛らしい顔《かんばせ》で、あと数年もすればどれほど臈長《ろうた》けた姫君になることかと思われた。

「え？」

「私、式部卿宮様《しきぶのきようのみや》が好きですわ」

黒々とした睫毛《まつげ》の隙間《すきま》から、つぶらな瞳がのぞいている。相変わらずなにをどう言ってよいのか分からない。娘のような年頃の少女に気圧《けお》されてしまいそうだ。

「幾度かご訪室いただきましたが、そのたびに惚《ほ》れ惚《ぼ》れいたしておりました。お美しくてお優しくて、なによりお話をしていてとても楽しい御方ですから」

普段の溌剌《はつらつ》とした口調からすると少し淡白《たんぱく》な調子で玖珠子は語った。

そんなことは知っている。嵩那は優しくて美しい。彼と会話をかわすのは、伊子にとってもこのうえなく楽しい時間だ。

但馬と弁はぎょっとしたように玖珠子を見つめ、次に答えを求めるように伊子にと視線を動かした。背後にいる千草がどんな顔をしているのか、振り返る余裕は伊子にはなかった。

伊子はゆっくりと息を吐いた。先ほどは動揺《どうよう》と良心の呵責から迷いはしたものの、ここで嵩那との関係を認めては勅旨《ちよくし》に逆らうことになる。

「いいえ」

その一言を口にした瞬間、不思議なほど気持ちが軽くなった。ひとつ開き直ったら嘘をついているという罪悪感から解放された。

「私ではありませんよ」

澄ましたまま答えると、玖珠子はうっすらと唇を開き「まあ」と言った。聞こえるか聞こえないかという、かすれるような声だった。

(――油断ならぬ)

伊子は袖《そで》の内側で指をぎゅっと握りしめた。よもや十二歳の少女にこんなことを思うような日がこようとは想像すらしなかった。

緊迫した空気をどうにかしようと思ったのか、取りなすように但馬が言った。

「か、かように姫様は、宮様のことを大変にお気に召されて……」

「蛍草の君も悪くはありませぬが、子供過ぎて無理ですの」

しれっと玖珠子は言った。十二歳の口から出た言葉とは思えぬ言葉だが、先ほどの大人びたふるまいから、あながち冗談でもないのかもしれない。それにしてもつい先日まで玼子とお人形遊びに興じていたというのに、どういった変わりようだ。ひょっとして玼子につきあっていたのは完全に演技だったのだろうか？　だとしたらものすごい演技力だ。

「まあ、手厳しいこと」

声をたてて笑うと、伊子は姿勢を改めた。

そちらの思惑は分かった。もはや長居は無用である。

伊子は表情を取りつくろい、大人に対するような儀礼的な笑みを浮かべた。

「中の君様。本日はお招きいただき、ありがとうございました。内裏《だいり》の仕事がございますので、これにて失礼させていただきます」

「私のほうこそ、尚侍《かん》の君様にはお世話になりました。まことにありがとうございます」

玖珠子は微笑《ほほえ》みを返した。これからほころびはじめようとしている蕾《つぼみ》が、やがてどれほど見事な花となるのか、いまから想像ができる愛らしさだった。

けれど姥桜《うばざくら》とて、そう容易《たやす》く枯れはせぬ。

「いいえ。どうぞ気を付けて、三条にお帰りくださいませ」

にこやかに告げると、伊子は身体《からだ》を反転させて千草のほうをむいた。すると彼女は控えめに片手で握りこぶしを作って見せた。

※この作品はフィクションです。実在の人物・団体・事件などにはいっさい関係ありません。

集英社オレンジ文庫をお買い上げいただき、ありがとうございます。
ご意見・ご感想をお待ちしております。

● あて先
〒101-8050　東京都千代田区一ツ橋2-5-10
集英社オレンジ文庫編集部 気付
小田菜摘先生

平安あや解き草紙

～その姫、後宮にて宿敵を得る～

集英社
オレンジ文庫

2020年11月25日　第1刷発行

著　者　小田菜摘
発行者　北畠輝幸
発行所　株式会社集英社
〒101-8050東京都千代田区一ツ橋2-5-10
電話【編集部】03-3230-6352
【読者係】03-3230-6080
【販売部】03-3230-6393（書店専用）
印刷所　図書印刷株式会社

※定価はカバーに表示してあります

ISBN 978-4-08-680349-6 C0193